致青春 027

不想只有暗戀你

（上）

顧了之　著

高寶書版集團

目錄
CONTENTS

第一章　草稿箱裡的祕密

三月的杭市忽冷忽熱，春夏秋冬一天一季。

阮喻挑了個晴天回老家。

前陣子她得到消息，說那邊的老房子快拆遷了。懷舊的人最聽不得這種事，反正閒著，乾脆回去看看。

阮家的老房子建在蘇市的郊區，周圍一片都是類似的民房，薄荷綠的外牆，三層樓高，頂樓附帶一間三角閣樓。

阮喻高中畢業就從這裡搬走，算起來有近八年沒回來了。

空房子不久前剛整理過，沒有積太多灰塵，但就是有股陳舊的氣息。她開鎖進去，走一圈上了閣樓。

那裡有她學生時代的一些舊東西。

通往閣樓的木梯被踩得吱嘎作響，窗簾拉開後，金光洋洋灑灑地照進來，空氣裡飄著一些細小的塵芥。

簡單打掃收拾後，阮喻搬出一個老式木箱，盤腿席地坐下，剛打開箱蓋，手機就響了。

她插上耳機接通，翻箱子的動作沒停下來。

耳裡傳來一個女聲：『阮小姐，接到這個電話就代表截止至三月十九日下午一點，妳仍然沒有向妳的前任編輯提交新書大綱。而這天，距離妳上本書完結已經過去整整十一個月了。』

阮喻失笑：「都前任了，妳催稿催得還挺狠的啊？」

『請債務人嚴肅一點。』

她望著天花板嘆口氣：「沈女士，阮小姐記得她說過，三月底一定給妳。」

『那請問她選定題材了嗎？』

阮喻頹喪下來，吸吸鼻子答：「沒有。」

電話那頭的人變得暴躁：『十一個月了，阮喻，生孩子都坐完月子了！妳是專職作家，妳想徹底過氣嗎？』

阮喻隨手翻開箱子裡一本日記，有一眼沒一眼地看著，敷衍道：「沒靈感的時候，寫書可能真不比生孩子容易。」

『妳天天在家閉門造車，指望誰給妳靈感？寫書這件事……』

沈明櫻還在碎念，阮喻卻突然沒了聲音。她的目光落在日記本上，整個人像是定格了一般。

老舊的紙張在陽光下微微泛黃，上面寫了這樣一段話：

五月十一日，天氣晴。今天遇見許淮頌三次。第一次，我抱著英語考卷去辦公室，碰上他和他們班幾個男生在走廊罰站挨罵。訓導主任有夠凶……

第二次，我路過學校藝文館，發現他蹲在附近草叢裡餵一隻流浪貓吃罐頭。原來他也喜歡貓，真好。

第三次，我去上體育課，看見他一個人在跑操場。他不戴眼鏡真好看，難怪老是有女生送水給他。我也買了水，可是我不敢送。要是被我爸知道我暗戀的對象是他班上的學生，那許淮頌可能要倒大楣啦！喔，不過他也不一定願意跟我談戀愛……

阮喻太久沒出聲，沈明櫻以為她出了什麼事，問她在哪裡。

她答：「在老家。」說完後，她注視著日記本的眼神一點點變亮，「明櫻，有了。」

『什麼有了，想到主題了？』

「對，背景校園，主題暗戀，怎麼樣？」

電話那頭死寂了一瞬，緊接著：『我求求妳清醒一點！那種無病呻吟的青春傷痛葬愛文學早在八百年前就過氣了，毫無錢途可言！』

阮喻看了眼日記本：「可是……妳還記得許淮頌嗎？」

沈明櫻忽略了這個奇怪的轉折，問：『誰啊？』

「我們高中，十班那個。」

『喔……就高高瘦瘦，話不多，妳當年暗戀過的那個啊？妳不會在蘇市碰見他了吧？』

許淮頌確實是蘇市人，外婆家也在附近，但據阮喻所知，他比她更早離開這裡，周圍的朋友已經很多年沒有他的音訊了。

阮喻笑著闔上日記本：「哪可能啊，妳以為是小說啊？」想了想又說，「先不說了，過幾天給妳大綱，先掛了喔。」

阮喻帶著一箱包括日記本、通訊錄在內的行李回到杭市，當晚就開始思考新書，三天敲定大綱，靈感枯竭十一個月以來，第一次文思泉湧。

把大綱寄到沈明櫻的信箱後，阮喻收到她的微信訊息。

沈明櫻：這不就是妳和許淮頌的那些事？

阮喻：算是吧。

沈明櫻：妳打算挑戰一個女主角單戀男主角的悲情故事？

真是心酸。

阮喻撥語音通話過去：「我至於傻到自掘墳墓嗎？又不是紀實文學，男主角都不喜歡女主角，還叫言情小說？」

許淮頌是不喜歡她，可藝術源於生活又高於生活，她把苦哈哈的單戀改編成雙向暗戀不行嗎？

沈明櫻在那頭樂得不得了：『懂了，敢情這就是篇作者本人的意淫文。』

阮喻無言，但這麼說倒也沒錯。

『也行，不過我提醒妳，許淮頌那種高冷型的現在已經沒那麼受歡迎了，加上校園、暗戀這些慢熱元素，我想這種書不會太受歡迎。』

阮喻似乎想得挺開，笑說：「試試吧，不行就當自娛自樂，妳也說了是意淫文嘛。」

掛了電話，她拿了杯奶茶到電腦前，開始翻日記本，準備挑幾個哏試寫一下。太久沒動筆，得先找找手感。

翻了幾頁，她在字數異常多的一頁停了一下來。

紙上密密麻麻一片，字跡龍飛鳳舞，一撇一捺都顯示出澎湃洶湧的情感。

記錄的時間是高三那年的元旦。

阮喻回憶片刻，想起來了。

那天是整個高中時代，在那場獨角戲式的暗戀裡，她和許淮頌靠得最近的一次。

當晚零點放了跨年煙火，學校操場擠滿了人，她裝作不經意，悄悄站在他的右側，沒想到火樹銀花炸開的一瞬，忽然被他牽住了手。

她驚訝地轉過頭，卻在明明滅滅的光影裡，看見他臉上抱歉的神情。

他鬆開手，推了推鼻梁上那副細邊眼鏡，尷尬地說：「對不起，牽錯了。」

阮喻把這一段敲進檔案中。

但她猜讀者看到這裡，一定有跟她當時一樣的想法：既然男主角說「牽錯」，總該有個「對」的人吧？顯然那個人不是女主。

看不下去！棄文！

她撐著頭想了想，敲下一行字，在後面補了一段：『說完這句話，他心跳如鼓擂，胸口傳來的砰砰響動比頭頂的煙火炸得還猛。』

——以此暗示所謂「牽錯」是男主角的藉口。

寫完後，阮喻抿了一口手邊的奶茶。

還真有點自娛自樂的味道。

同一時刻，一百多公里外的蘇市待拆區，一間民宅閣樓裡，穿校服的小女生抱著個箱子跑下樓：「媽，這些破銅爛鐵還有用嗎？」

陶蓉往她懷裡的箱子看了眼：「滿占地方的，都扔了吧。」說完又頓住，「等等，那台手機好像是妳哥高中時候用的，看看還能不能用。」

許懷詩放下積灰的箱子，從一個密封盒裡取出成套的電池，安裝在手機上後，拿起充電器，插上電源：「哥上高中時還用這麼破的老手機啊？真有年代感。」

「怕影響讀書，特意幫他買了這種。別看它破，比起現在那些一摔就碎的，這種機子品質好著呢。」

許懷詩嘟囔了一句「不信」，隨手按了兩下開機鍵，沒想到手機螢幕真的亮了，把她嚇一跳。

許懷詩愣了愣，還真是品質好著呢，這麼多年過去還能用，這是手機還是戰鬥機？

陶蓉看過來說：「能用就幫他收起來，別亂動裡面的東西。」

她連「喔」了兩聲，蹲下假意埋頭整理東西，然後背過身偷偷玩起手機來。

老式非智慧機，開機後沒有密碼，長按星號鍵，再點個「確認」就能解鎖。

許懷詩胡亂按了幾下就進入主頁面，再按兩下進入到「電話簿」。

裡面一個聯絡人也沒有。

返回來到「簡訊」介面，一條來往簡訊也沒見到。

可以，這很「許淮頌」。

什麼都沒有，她打算關機了，臨退出卻注意到頁面下方，「草稿箱」一欄邊上的數字：327。

三百二十七條草稿？她哥在這老手機上寫數學題嗎？

許懷詩的內心掙扎片刻，點了進去，隨手翻開一條。

收件人是空的。

編輯時間：

2010年1月1日0點10分

內容：

騙妳的，沒牽錯。新年快樂。

許懷詩手一抖，隔著螢幕嗅到了一股戀愛的氣息。

戀愛？她哥那種人？

她捧著手機的姿勢突然變得虔誠起來。

因為這可能不是一部普通的老手機，而是……一片還沒被人發掘的「新大陸」。

杭市的氣溫進入了四月也沒穩定。眼看前幾天持續回溫，到頭來，一個「清明時節雨紛紛」就被「打回原形」。

清明小長假的最後一天，阮喻去赴沈明櫻的約，一走出公寓就被撲面的冷雨冷得直打顫。她回去裹了件厚外套才重新下樓，一路到了咖啡館，收傘推門。

睫毛上沾染的濕氣慢慢收乾。

包廂裡，沈明櫻已經點了咖啡，一見她這棉T混搭毛呢大衣的裝束就不客氣：「妳真是越來越不拘小節了，別仗著臉好看就為所欲為行嗎？」

「願意為妳洗個頭就不錯了，我又不是來走伸展台的。」

「單身就要時刻會有豔遇的自覺。」沈明櫻斜睨她一眼，把筆記型電腦朝前一推，「好了，隨身碟拿來，看看妳這一意孤行的傷春悲秋寫手都寫出了什麼。」

阮喻從包裡掏出一個白色隨身碟遞過去，端起手邊的拿鐵，一邊喝一邊刷微博，看到好笑的貼文就跟沈明櫻分享。

沈明櫻從一開始樂呵呵地回應她，到後來全神貫注於螢幕，一聲不吭。

「怎麼了？」阮喻放下手機問。

她從WPS的世界裡緩緩抬頭：「妳這篇小說，好像會紅喔……」

「妳上次不是還說……」

沈明櫻比個手勢打斷她，像發現千里馬的伯樂，激動得需要平復一下心情才能開口：「我說的那種是瑪麗蘇到脫離現實世界的文，但妳這文很貼近大眾的真實校園，很容易引發共鳴。」

阮喻寫的就是蘇市一中，貼近現實是當然了。

她湊上前去，討糖吃似的問：「還有呢？」

還有就是，每次阮喻一打開思路，下筆就很有靈氣。入行五年，在筆齡相當的寫手當中，她的文筆可說出類拔萃。

一名作家前輩曾評價她——三言兩語，從浪漫裡挖掘腐朽，又最終化腐朽為燦爛。這女孩的文字太通透了。

沈明櫻簡單概括為「筆力深厚」，滾了幾下滑鼠，感慨：「拿親身經歷寫的就是痛入心扉啊，可以啊，這就是用情至深的典型代表。」

「別酸我了妳！」

「當年是誰天天在我耳邊念著許淮頌？」

阮喻小聲嘟囔：「誰沒有中二的過去啊？」

「這麼說……」沈明櫻瞅瞅她，「現在是徹底不喜歡了？」

阮喻點點頭。

要不是那本日記，她都不太記得許淮頌這個人了。就算這幾天為了創作把和他有關的一切都回想了一遍，剩下也就是點淡淡的酸，跟她出於懷舊回老家的心情差不多。

喜歡？八年不見了，真有人會那麼痴情嗎？

她補一句：「要不是想開了，寫這書不是自作孽嗎？」

「也對。」沈明櫻「嘖」了一聲，「那妳不怕這書被當事人發現？怪尷尬的。」

「不會。」

小說多數為女主角的視角，又經過杜撰改編，那麼多年過去，就憑一點模糊印象哪能認出原型。

更何況阮喻覺得，許淮頌當初根本沒把她的名字和長相對起來過。而且，那種校園白馬王子型的人物會看言情小說嗎？

正說到這，阮喻的手機就響了。

沈明櫻聽到她把鈴聲換成了一首鋼琴曲，突然想起剛才看到的，女主角躲在學校花叢中偷聽男主角彈琴的一段情節。

她若有所悟：「是那首《After The Rain》啊。」

阮喻邊點頭邊接聽電話：「媽。」簡單應了幾句，最後說，「我馬上過去。」

「怎麼了？」沈明櫻問。

「我媽突然來公寓看我了。」

「那妳先回去。」

阮喻收拾東西起身，臨走說：「大概是來對我諄諄教誨，催我去相親的。」

「那妳打算怎麼逃？」

她皺了皺眉：「冷雨天老人家親自從郊區找上門來，這戰術，大概躲不了了。」

阮喻說完，拎起傘匆匆往外走。

沈明櫻事不關己，幸災樂禍一笑，衝著她的背影喊：「到時候記得直播相親啊！」

過完清明，料峭春寒才算回暖，阮喻的新書《好想和你咬耳朵》也開始在千和文學網連載。

沈明櫻曾是千和的編輯，眼光相當獨到。果不其然，沉寂一年後，「溫香」這個筆名再次打響網路小說界。

四月下旬，小說上架，一夕躍居熱銷榜。

沒過多久，就有一家電影公司找上了網站談版權購買事宜。

五月初一個週四晚上，阮喻發布完當天的連載章節，到市中心一家餐廳相親。

赴約是迫於無奈，但她也理解家裡的意思。爸媽不是急著把她潑出去，而是不放心她目前的狀態。畢業四年了，她一次戀愛都沒談過，自從入了寫作行業，連起碼的社交也幾乎斷絕，長此以往，家裡也擔心她的心理狀態出問題。

所以說是相親，其實是為了叫她出去交朋友，如果碰巧看對眼，能夠順便完成終身大事當然更好。阮喻推託不掉，就當出來透透氣。

考慮到是初次見面，狹小靜謐的包廂容易加劇尷尬，雙方都選擇普通的座位。

對方姓劉，比阮喻大三歲，眉目乾淨，被餐廳金碧輝煌的大燈一襯，看起來柔和又順眼，不過好像也是個沒經驗的，全程拘束，緊張異常。

上菜前，兩人喝著茶水，大眼瞪小眼地尬聊，等上了菜，似乎都鬆了一口氣，開始專注地吃。這麼一來，氣氛反倒融洽了一些。

餐廳的風格是「大盤小食」，都是吃起來斯斯文文的精緻款菜色。阮喻吃了幾口主食，低頭喝雞茸湯的時候，聽見劉茂問她興趣愛好。

她放下勺子抬起頭，齊肩的中長髮隨著這番動作蕩出一道弧度，答了幾句，本著有來有往的態度，隨口問及他的職業：「我聽說劉先生目前是一家律師事務所的合夥人，可以稱得上是年輕有為。」

劉茂說起這個來倒放開了，謙虛道：「談不上年輕有為，我們有四個合夥人，我只是初級，底下真的在做事的，有個長年定居在國外的合夥人，那才是真的厲害。」

阮喻對法律行業不了解，說到這裡已經不知道講什麼好，為避免冷場，只好硬著頭皮順著他的話問：「定居國外，不做事，那做什麼？」

劉茂靦腆一笑：「提供資金嘛。」

這下倒讓阮喻也笑了笑。

劉茂的目光掠過她笑盈盈的一雙月牙眼，還有頰邊一對深陷的梨窩，忽然一呆。

「怎麼了？」她問。

劉茂忙搖頭示意沒什麼，總不好說是她長得太甜，他看傻了吧？正在侷促不安時，手機響了，救他一命。

他說聲「抱歉」，拿起手機出去，穿過半個餐廳，到安靜的角落接通：「淮頌？」

電話那頭傳來一個男聲：『嗯。』

劉茂看了一眼手錶：「你那邊快淩晨四點了吧，有急事？」

『要份資料，看你沒回。』

「啊，抱歉，我今晚在外面相親。我現在找人處理。」

劉茂正準備掛電話，忽然聽見那頭遲疑道：『……相親？』

「對，怎麼了？」

『國內流行這套？』

他笑起來：「是啊，你在加州樂得清淨吧？」

對方也笑了一聲說：『跟地域沒關係，主要是年紀。』

「……」

那頭的人一本正經地毒舌完，叫他繼續相親，很快就掛了電話。

劉茂抽抽嘴角，打電話給屬下，交代完工作，收起手機往回走。本想再和阮喻道聲歉，不料她也在接電話，看神情像是出了什麼事。

看他回來，她打個手勢表示歉意，壓低聲問電話那頭：「有這種事？」片刻後又說，「我這就回去。」

等她放下手機，劉茂連忙問：「發生了什麼事嗎，阮小姐？」

「不好意思，工作上出了點問題，我得先回去了。」

「沒關係，工作要緊，我送妳。」

阮喻說「不用」，但劉茂堅持，她也就沒再拒絕。

晚上這個時間，市區塞車塞得一塌糊塗，她只能在後座先一步打開手機，登入千和帳號。

剛才沈明櫻打電話來，十萬火急地講了一通，說有人在千和的匿名論壇發表了一則貼文，稱《好想和你咬耳朵》與站內另一篇連載中的短篇小說《她眼睛會笑》既視感極強，光目前雙方已發表內容的前半部分，就統計出了十一處撞哏。

樓主貼出的抄襲對照表格五顏六色，一片怵目驚心，結論是：溫香的《好想》一文涉嫌融哏抄襲。

一個小時不到，該貼文的回覆量已破兩千。

撞哏不可怕，可怕的是連環撞哏。更可怕的是，對方的小說發表在她之前。這麼一聽，真有點跳進黃河也洗不清的感覺。

何況這位樓主似乎有備而來，發文前就在網站的舉報中心備了案，並且僅對外張貼一半的對照表，還留了一手。

阮喻身正不怕影子斜，起初還算鎮定，說相親結束回家看看。

但沈明櫻卻說：『妳最好趕緊處理這件事。我剛看了，十一個細節哏撞得結結實實，就連校園背景都如出一轍，不少對話也很相似。最直接的區別，妳的文是女主視角，而對方……採用了男主視角。』

阮喻聽到這裡，才又疑又急地往回趕。

趁著塞車，她點開那篇《她眼睛會笑》來看。不過隨手挑了幾頁，就發現好幾處雷同。

比如元旦煙火那段，對方筆下的情節、對話，甚至男主內心戲，都跟她撰寫的完全契合。

再比如更叫人跌破眼鏡的，對方描寫了一段某次週末，女主捧著一盆「小花農罐頭花」離校的場景。

那是當年蘇市一中流行的一種自種盆栽，一個罐頭長一種植物，菊花、西瓜等什麼都能種，不過阮喻的有點特別，改造後同時長了向日葵和薰衣草。

她在日記裡看到這段，為增強年代感就當素材用了，沒想到對方也用了這個哏，也是向日葵和薰衣草。

諸如此類的例子不勝枚舉，而且短篇節奏快，哏又密集，這些內容都比她更早發表，不過對方是沒什麼曝光度的新人，她之前沒關注到而已。

見鬼了。

劉茂從後視鏡觀察到她的臉色越來越難看，趁紅燈時間，轉頭問：「阮小姐，有什麼我能幫忙的嗎？」

阮喻抬眼，立刻搖頭。

劉茂大概知道她的職業，但她在這方面一直很低調，連向爸媽都沒透露過筆名，當然也不可能隨便告訴一個初次見面的相親對象。更何況，事情也沒發展到需要律師協助的地步。

所以阮喻說：「我自己暫時能處理，謝謝。」

阮喻在公寓樓下下了車，再次跟劉茂道謝，然後匆匆上樓。

就在一個多小時的車程裡，繼論壇的「腥風血雨」後，她的書評區以及二十幾萬粉絲的工作微博也接連淪陷。

謾罵、指責聲迭起，她的粉絲在「硬」成這樣的對照表格面前絲毫說不上話，甚至不少人也在要求解釋。倒有個鐵粉提出了對阮喻有利的看法：對方作者至今沒現身，說不定那就是溫香的分身呢？

網路小說界有個「試哏」的操作方式，開文前先拿分身帳號發表，收效不行就「棄哏」。可阮喻顯然沒有。

事件持續發酵，所有人都在等她發聲。

她在漫天流言裡仔細看過一遍對方的作品，抓著頭髮冷靜了片刻，決定先聯繫作者。

對方筆名是「寫詩人」，微博名叫「一個寫詩的人」，是個新帳號，只有個位數的假粉絲，最新一條微博發表於週日傍晚：又要返校啦，不開心。

對方大概是個國中生。

阮喻傳了封訊息過去，但遲遲沒有得到回覆。然後她意識到，今天週四，如果對方住校，現在很可能不方便用手機。

她身心俱疲，踢掉高跟鞋倒頭仰躺在床上，望著天花板上的吊燈，雙目失焦，眼前飄過一行行酸味十足的字眼——

抄襲狗別裝死了，出來表個態吧！

這種垃圾居然還在熱銷榜？趁早滾出千和！

這波哏融得很巧妙啊，前幾本也是抄紅的吧？

說這些的，不少是與她並無過節的路人，都是看完對照表格後「自由心證」得出的結論。所以比起被潑髒水的惱恨，她更想先弄清楚，兩篇文到底是怎麼撞成這樣的？

週五傍晚放學時間，蘇市一中校門外熙熙攘攘。

許懷詩在車站掏出手機，隨手登錄千和帳號。

一個多月前，她在一台老手機裡發現個「慘絕人寰」的故事，男主角，也就是她哥，竟然在高中時代暗戀隔壁班一個女生，膽小到直到出國也沒告白。

這件事太叫聞者傷心，聽者流淚了。她忍不住在平時看小說的網站註冊了一個ＩＤ，以此為藍本寫了個短篇故事。

不是發展課餘事業，就是傾訴欲爆棚，又不好跟身邊朋友講，也怕網路論壇傳播範圍太廣，被她哥發現，所以選了千和這個「女性文學寶地」。

但許懷詩很快意識到她錯了，因為她紅了。

兩天內她的書評區暴增上千條評論，爆炸式的資訊告訴她，她被一個小有名氣的寫手抄襲了。

許懷詩傻在原地，半天沒轉過腦子來，等回神，迅速找到對方的小說翻看，囫圇讀過一遍後，搜到對方微博，在憤怒之下準備討個說法。

但「溫香」的主頁掛著一篇置頂貼文——

回應：沒有融哏抄襲，關於《好想和你咬耳朵》與《她眼睛會笑》兩篇文的雷同點，已聯繫對方作者一個寫詩的人詢問，正在等待回覆，了解情況後將向大家進一步說明。（天知道這個有關暗戀的故事，是我學生時代的親身經歷……）

括弧內的說辭當然不夠服眾，所以底下還附了則影片，是她電腦內大綱文字檔的最後修改時間，顯示在《她眼睛會笑》發表之前。

影片包括文字檔目錄顯示的時間和進入文字檔後可見的內容，呈連續式放映，與證據力不足的截圖相比，算是個較為有力的澄清。果然在這條微博下，路人理智了不少。

許懷詩因此一愣，點開私訊看到溫香傳來的訊息，前兩段是對事件的簡單說明，最後幾行，她說：『《好想》一文確實是我的原創構思，主觀上絕對沒有冒犯您的作品，但我無法否認兩篇文之間雷同點的客觀存在，在此向您詢問，期待您的回覆。』

回想起她主頁那句「親身經歷」，許懷詩半信半疑地回頭重新翻看起溫香的小說，接著發現了不對勁。

她之前根據簡訊改編小說時，刪減了其中一部分情節，但這些哏卻有幾個出現在溫香的筆下。這意味著什麼？

初夏的天，她忽然背脊發涼，無端起了一身雞皮疙瘩。

一個男聲打斷了她的深想：「許懷詩妳杵這裡幹嘛？十九號公車走了三輛，妳知道嗎？」

她抬頭，看見班上的趙軼從馬路對面走來。一顆小平頭，嘴裡的棒棒糖硬是叼出了菸的架勢，一副地痞流氓樣。

許懷詩正心煩呢。正要敷衍，靈光一現，笑咪咪地說：「趙大哥，那麼巧！你過馬路走的是模特兒的台步嗎？這麼帥氣！」

「喲！」趙軼三兩步走了過來，「太陽打西邊出來了？無事獻殷勤，非奸即盜！」

許懷詩呵呵笑著，掩嘴小聲問：「你人脈廣，我想跟你打聽打聽，你那邊有沒有什麼黑科技，能在知道對方微博的情況下，查到她的真實資訊？違法的事不幹，只要名字就行。」

趙軼語重心長地道：「小朋友，查名字也是違法的。」

她喔了一聲，嘆口氣，卻見趙軼語壓低腦袋湊過來，說：「不過給錢就行。」

許懷詩內心掙扎了一下，咬咬牙：「多少？」

他比個「OK」的手勢：「三萬。」

「……」

許懷詩轉身要走，被趙軼一把扯住手臂，回頭就見到這人笑得露出一口大白牙：「友情價，一杯奶茶。」

一個小時後，臨街奶茶店，趙軼接起電話，回應幾聲，最後說：「謝了啊叔叔，改天請你吃小龍蝦。」

趙軼放下手機，彈了響指，隨手扯張菜單，歪歪扭扭寫下兩個大字，遞到對面。

「阮喻？」許懷詩咀嚼兩遍，回想片刻後說，「趙大，好人做到底，陪我回趟學校？」

「幹嘛？」

她一指菜單：「去校史館，看看這人是不是我們學姊。」

許懷詩記得，草稿箱裡最後一條簡訊，時間是她哥出國前一天，內容是：

最後一眼，是校史館裡妳的照片。再見。

所以她想，如果世上真有這樣近乎奇跡的巧合，如果溫香那句「親身經歷」不是說謊，那麼，那裡一定有阮喻的照片。

謊稱忘了帶作業的兩人，在落日餘暉裡奔向校史館。

這個時間校史館已經閉館，還多虧趙軼橡皮糖般的黏性，在門口死纏著管理員，小劇場一場一場地演，這才讓許懷詩抓準時機，一溜煙偷跑進去，直奔二樓。

館內空空蕩蕩，夕陽透過玻璃窗染亮走道，窗外的樹葉在地面投下斑駁片影。她放輕腳步，連呼吸也屏住，彎來繞去，最終到了歷屆優秀畢業生的留名牆。一中建校近五十年，這座校史館也有二十個年頭的歷史了，如今牆上掛滿了照片。

她把目光鎖定在07級那欄，伸出食指一排排虛移過去，心跳慢慢地加速。緊張，期待，還有興奮。

十七歲的少女，比起抄襲這樣的惡劣事件，潛意識裡更願意相信一個被歲月掩埋了十年的祕密。

可是下一瞬間，身後的樓道卻響起皮鞋的踏踏聲，一名中年男子氣急敗壞地道：「哪個班的？放了學不走，來這裡幹什麼，啊？」

許懷詩驚叫一聲，來不及細看照片，扭頭就跑，慌慌張張地從另一邊走道往下奔。身後的人一路奪命追來，她跑得搖搖晃晃，到了一樓大廳卻看見正門口還堵著一個人，只得又回頭，走投無路之下，聽到女廁那邊傳來一個熟悉的聲音：「過來！」

她飛奔進去，一眼看見窗外的趙軼，於是把肩上的書包一把甩給他，然後雙手一撐窗沿，跳了出去。

趙軼牢牢接住她，把她的書包扛在肩頭，扯著她的手臂就往校史館後面的小樹林跑。兩人一下就跑得不見人影，留下身後的管理員氣得直跳腳。

眼看甩掉了人，趙軼停下來，扔了她的包仰躺在草地上，邊喘邊說：「許懷詩……校史館有妳失散多年的親人嗎？非得這時候偷溜進去？週一去申請再來，妳親人會跑是不是啊？」

許懷詩也喘著氣，半天才答上話：「不弄清楚這件事，我整個週末都會睡不好！」她說完後跟著倒在草地上，無比懊惱：「就差一點點啊！」

「那也不陪妳玩命了！」

許懷詩當然曉得打草驚蛇的道理，這時候，校史館是鐵定進不去了。而直接問她哥，被他曉得她偷將他的私密情史發表到網路上，簡直比記處分、寫悔過書還可怕。這麼說，難道真的得煎熬一個週末？

她不甘心，兩條腿死命蹬了兩下，突然想起什麼地說：「等等……」

證明阮喻的身分，不一定要從簡訊入手，還可以從溫香的小說裡找線索。

她記得剛才在車站看到過這麼一段。小說裡，男主角「賀時遷」會在課餘時間到學校藝文館彈琴，而女主角「林希聲」曾經在他常用琴房的牆面上，寫下一行英文字母——LXSXHHSQ，意為「林希聲喜歡賀時遷」。

也就是說……

太陽徹底沒入了地平線，她撐著地爬起來，看了一眼遠處隱沒在夜色裡的圓頂藝文館，說：「趙大，我們藝文館的牆，近幾年有沒有重新刷過油漆？」

趙軼不知她又想到哪齣，說：「學校那麼摳門，應該沒有吧。」

「那我們再玩次命？」

一刻鐘後，藝文館旋梯上，許懷詩彎著腰滑手機，說：「找到了，小說裡寫的是４０１，鋼琴背後的那面牆！」說完推推趙軼，示意他打頭陣，重複道，「４０１，４０１！」

趙軼皺著眉壓低聲：「４０１是畫室，哪有鋼琴？」

「咦？」許懷詩愣了愣。難道是怕太過寫實，所以杜撰了教室號碼？那豈不得一間間找過去？

「趕緊再想想！」趙軼小聲催促。

再想想，再想想。

她抱著頭拚命回想，片刻後腦袋裡火花迸濺，說：「你知不知道，哪間琴房能看到教學大樓四樓第二間教室？」

她記得她哥在簡訊裡說過，從他所在的琴房望出去，可以看到那個女生趴在教室門前的欄杆邊曬太陽。

「最靠西的301吧！」趙軼飛快判斷。

「就是它了，走！」

兩人縮著身子溜到三樓盡頭。

301的門鎖著，趙軼嘆口氣：「有沒有髮夾？細的。」

許懷詩從頭髮上拔下一根遞給他，又拿手機幫他照明。

五分鐘後，門啪嗒一聲開啟，許懷詩欣喜若狂，開著手電筒衝到鋼琴背後。

許懷詩的身子窄，剛剛好能夠擠進去。整束的白光發散開來，照亮眼前那面老舊泛黃的白牆。牆面雖然有好幾片斑駁脫落了，但正中央，那行用立可白寫成的英文字母還是清晰地映入了眼簾：RYXHXHS。

卡在外面進不去的趙軼瞄到這行縮寫，拼湊道：「日，呀，咻，嘿，咻，嘿……射？」

「……」

許懷詩回頭瞪他，再轉過去，幾乎激動得熱淚盈眶。

她的食指撫上粗糙的牆面，像生怕碰碎了什麼似的小心翼翼，輕聲說：「是……阮，喻，喜，歡，許，淮，頌。」

因為阮喻喜歡許淮頌，所以一切都有了答案。

當他在草稿箱寫下『妳那麼小的個子，體育課為什麼也選籃球班』的時候，當他疑惑『妳犯什麼錯了，也來看檯面壁思過』的時候，只要走到這架鋼琴後面，就能找到答案。

可是他沒有。

所以他不知道，所有看似漫不經心的巧合，都是她想方設法的謀畫；所有他輾轉不成眠的時刻，她也在想他。

許懷詩開了閃光燈，往牆上拍了兩張照，忽然嚎啕大叫：「嗚哇——趙軼，這好感人啊！」

趙軼機靈地衝上去捂她的嘴，卻晚了一步，樓下走廊巡邏的保全聽見動靜，立刻拿著強光手電筒衝了上來。

趙軼橫著眉低聲罵：「我看妳的智商也挺感人的！」

許懷詩撇著嘴，垂頭喪氣地被保全拎到了訓導處。

訓導處主任朱峰以為他們在偷偷約會，不管兩人怎樣辯解，非要聯繫他們的家長。

趙軼是老油條了，朱峰指指他，意思是晚點收拾他，再看許懷詩：「妳先來，家長聯繫方式！」說著拿起電話話筒。

「朱老師我錯……」

「不想給？那我就問你們班導。」

班導那裡登記的是陶蓉的手機號碼，她一聽急了，趕緊報：「209＊＊＊＊＊＊＊！」說完在朱峰挑眉前迅速接上，「就是這個，我爸媽在美國呢！」

以為給個外國電話號碼就能逃過一劫？朱峰氣哼哼地加上國際碼撥通了，操著一口蹩腳的英文道：「哈囉，挨母……」

那頭的男聲及時打斷他的發音『你好。』

朱峰低咳一聲，自報來歷，接著說明了許懷詩的「惡劣」行徑。

許懷詩緊張地屏息側耳，辨認話筒那邊說了什麼。

她剛才在奶茶店打電話給媽媽撒謊，說今天晚回家是為了跟死黨吃飯，現在這電話絕不能打到她媽媽那邊去，只盼她哥嘴下留情放她一馬。

然而下一秒，許淮頌無情的聲音就傳了出來：『我暫時不方便處理她的事，麻煩您撥這個電話，聯繫……』

一聽這是要報陶蓉手機號碼，她跳上去就要搶話筒，被朱峰一瞪，只能跺著腳衝電話那頭喊：「哥，你太壞了！」

這種人活該暗戀失敗！打死她也不告訴他，阮學姊喜歡他！

夜裡淩晨一點，阮喻跟沈明櫻躺在一個被窩裡，抓著手機發呆。

事發已超過二十四小時，網路上流言漫天，她雖然作了澄清，卻依舊無法阻止有心人的惡意揣測。沈明櫻怕她一個人在公寓心情不好，所以來陪她。

傍晚時分，她們注意到對方作者「已讀」了私訊，本以為很快就能得到回覆，但直到現在，對話視窗仍然寂靜無聲。

而反抄襲對照表格正由業內朋友趕製，現在還沒完成，該做的都做了，除了等，暫時沒有別的辦法。實在熬不住了，兩人迷迷糊糊地睡著了。

次日一早，阮喻睜眼就開始摸索被窩裡的手機，解鎖後意外看見寫詩人的私信。

時間是淩晨兩點。

一個寫詩的人：

您好，非常抱歉給您造成困擾。《她眼睛會笑》一文不是我本人的原創構思，而是根據朋友從工作室買來的一份大綱寫成。如果它侵犯了您的權益，我願意與網友解釋說明，向您公開道歉，並刪除文章，註銷ＩＤ。以下是我擬好的聲明，請您過目，希望能夠挽回您的損失，再次向您致歉。

阮喻一下醒了過來，拍了拍沈明櫻，把手機拿給她看。

「真是大綱洩露？」沈明櫻看完後，揉揉眼說。

面對這種情況，兩人一開始就聯想到大綱洩露。但問題是，除了沈明櫻，阮喻並沒有把大綱給過別人，所以她們才遲遲沒下結論。

阮喻皺著眉頭：「難道是我電腦中過病毒？」

沈明櫻揉完眼清醒過來，啊了一聲，按著她的肩膀說：「隨身碟！那天在咖啡館，隨身碟拿回來了嗎？」

阮喻眼皮一跳，下床東翻西找，半小時後跪在床上欲哭無淚：「沒有……」

那天媽媽突然來了，她匆匆回公寓，真的不記得有沒有帶走隨身碟。而沈明櫻在她走後不久結帳離開，只帶走了自己的筆記型電腦。

兩人一起扶住額頭。普通的大綱洩露不會造成這種後果，只有那個記錄了阮喻日記本裡大部分細節哏的隨身碟才行。

一分鐘後，沈明櫻抬頭：「我去趟咖啡館，妳跟對方繼續交涉看看。」

阮喻點點頭，傳訊息過去：您好，我想了解一下，您的朋友是從哪家工作室收購的大綱？

螢幕那頭，頂著黑眼圈和雞窩頭的許懷詩撥通趙軼的電話：「怎麼辦，我要回什麼啊？我就說你這餿主意不行……」

『喔，那你跟她講真話吧。』

「不行！」

如果阮喻知道了前因後果，那她哥八成也會曉得她幹的好事了。她說：「我哥超凶……我會被大義滅親的！」

『妳哥不是律師嗎？還能知法犯法把妳打死嗎？』

「他能斷了我的零用錢，這跟把我打死又有什麼區別？」

『不然這樣，妳就說妳朋友出於交易雙方的保密需要，不能說明。她要是沒有什麼背景，應該暫時也查不到妳的身分資訊。』

「可這樣是不是太對不起阮學姊了啊……」

『妳都公開道歉，刪除文章，註銷ＩＤ了，對她來說，這就是最好的結果。真要跟網友說明這種鬼扯淡一樣的真相，怕反而沒人信！』

許懷詩還在猶豫：「你說，萬一我哥還喜歡阮學姊，覺得我做了件好事，讓我將功抵過呢？」

『開什麼玩笑，都八年過去了還喜歡？妳以為妳哥就靠純純的戀愛過日子，不需要性生活的啊？』

「也對……」

『反正妳要說就說，以後別想著吃香喝辣還追星就是了。』

許懷詩打了一下哆嗦，還是聽了趙軼的。

如他所料，她緘口不言，阮喻一時半會還真查不到究竟。

許懷詩不知道阮喻信了多少，但幾次來回後，對話視窗裡彈出一條訊息：煩請您先發表聲明吧。

看語氣似乎有點無奈，可能是為了儘快平息風波，降低損失，決定先讓對方澄清。

許懷詩心裡內疚，再三道歉後，把經過阮喻修改、措辭更嚴謹的聲明發表在微博。幾分鐘後，她看見溫香轉發了這條內容，並附上雙方的部分聊天紀錄。

許懷詩卻沒能因此鬆口氣。一時膽怯撒了個謊，於是用無數個謊去圓。到現在，雖然從結果上看已經竭力彌補了，卻反倒更加不安起來。她嘆著氣，鴕鳥似的鑽進被窩。

第二章　蓄謀已久的重逢

轉發微博後的阮喻也沒輕鬆起來。對方的有所隱瞞讓她懷抱疑慮，所以她想看看沈明櫻那邊的進展。

但沈明櫻回來後說，咖啡館的人聲稱那天並沒有注意到她的私人物品。為調閱附近的監視器也報了警，可是目標物太小，看錄影帶根本看不到可疑人士，頂多備個案，事情過去了一個月，多半也查不到結果。

這樣一來，雖然冤情得到了洗刷，阮喻的心裡到底還是插了根刺。不過很快地，她就沒閒工夫關心這根刺了。因為聲明發出後不久，她的微博再次湧入一批疑似惡意鬧事的網軍，炮轟她是塞錢給了寫詩人，才得到這樣一份虛假的道歉。

那些人空口說白話，把子虛烏有的故事編得有模有樣，與這邊看到聲明後選擇支持她的人「戰」成一團。她的微博下面，一片腥風血雨。

緊接著週日上午，一位與阮喻同站的寫手蘇澄發表了一條長微博，雖然沒指名道姓，但話裡話外就是意指溫香抄襲之餘還欺負新人，逼迫小朋友封筆，實在為原創圈所不恥。

這條長微博神奇地一呼百應，迅速得到傳播，發酵到傍晚，甚至被送上熱搜榜。許懷詩也在關注這些，到了這時，她才意識到問題的嚴重性。

事已至此，明眼人早該相信溫香，但欲加之罪，何患無辭，就是有那麼幾個人存心潑髒水，刻意引導輿論。再回頭想想，她一個剛註冊筆名的新人，毫無讀者基礎，文章曝光度也近乎於零，這件事情恐怕就是有人一早蓄謀的。

她和趙軼還是把社會上的事想得太簡單了。許懷詩有點怕了，來回斟酌用詞，打算再次聯繫阮喻。但訊息還沒傳出，就先看見她更新了一條微博：『暫時關閉評論和私訊。』

下面附了一張截圖，是有人傳給溫香的私訊，對方的ＩＤ和頭像被打上了馬賽克，訊息內容是一張包含恐嚇性質的圖片。

是滿螢幕打翻的顏料，幾個鮮紅的手印怵目驚心，配上文字：抄襲去死！

許懷詩光看小圖，就嚇得差點摔了手機。

她的手開始發抖，連晚自習的鐘聲都聽不見了，慌慌張張地奔進教學大樓女廁所，衝進其中一間關上門，撥通了許淮頌的號碼。

舊金山已經凌晨三點多，但事出緊急，她等不了。電話一被接通，她立刻囁嚅著說：「哥……我，我惹事了！」

許淮頌還真的沒睡，那邊有雜亂的人聲，嘰哩呱啦說著英文。他似乎在翻資料，回應也就敷衍了一點：『什麼事？我這裡五分鐘後有緊急會議，不要緊就……』

「要緊！」許懷詩打斷他，再出口卻帶上一點哭腔，「哥，我害到阮學姊了……」

電話那頭沉默了一下，半晌後問：『誰？』

她抽抽噎噎地說：「阮喻，阮學姊，你不記得了嗎？」

這回，那頭沉默的時間更長了。

許懷詩剛要再說話，廁所門外卻傳來一陣腳步聲。她怕被人發現晚自習偷用手機的事，迅速屏息不說話。

大約過了十幾秒，話筒裡雜亂的人聲消失了。許淮頌好像走到了安靜的地方，然後說：『哭什麼？說清楚。』

許懷詩沒辦法說，來上廁所的女生還沒離開。她只能一聲不吭，光顧著呼吸。

許淮頌再問：『妳在哪裡？』

他的語氣已經有了幾分不平靜的味道，許懷詩說不了話，急得掛了電話，趕緊傳訊息給他：我躲在學校廁所，外面有人來了，打字跟你講。先給你看張照片。

她從相簿裡翻出琴房那面牆的照片，又補上說明：前天晚上，我在學校藝文館的301琴房發現了這個。

螢幕那頭，許淮頌一身筆挺的藏藍色西服，站在會議室外敞亮的走廊上，皺眉滑開了對話視窗。

一位白人女士踩著細高跟鞋嗒嗒走來，叫了他一聲：「Hanson.」然後把一疊厚近百頁的零散文件遞給他，說這是他要的資料。

他的目光停留在螢幕，隨手去接文件，等點開那張圖，看清上面的英文字母，將要觸到文件的指尖卻驀地一鬆。上百張紙嘩啦啦落了一地，雪花片似的散開來，頓時一片混亂。

狹長靜謐的走道上，許淮頌聽見自己的心臟一下一下地搏動，震耳欲聾。

次日清早，沈明櫻又來了阮喻的公寓，男友力十足地沒收了她的手機，把一夜無眠的她拎進被窩後，自己到了客廳，打電話聯繫法律行業的朋友。

事態一發不可收拾，現在的輿論矛盾已經跟「寫詩人」關係不大，而在於那個長微博作者蘇澄。

這人早在兩年前就跟阮喻不對盤，這回明顯是藉機帶頭鬧事。昨晚她們商議決定，走法律途徑解決問題，把帶頭汙蔑阮喻的蘇澄告上法庭以儆效尤。

阮喻睡了三個小時後起來，到廚房做早午餐，義大利麵配蔬菜湯，端著出來時，沈明櫻興沖沖地說：「聯繫到了，至坤律師事務所，就在杭市，律師的電子名片傳到妳信箱了。」

「好。」阮喻擺完盤一看，下一秒卻變了臉色，「世界這麼小嗎？」

還是說，杭市太小了？

沈明櫻問她怎麼了。

阮喻晃晃手機，苦著臉說：「這人就是我之前的相親對象。」

就在前天，劉茂還在微信上聯繫過她一次，問那天的麻煩解決了沒有。她沒打算跟他深入交往，也不想麻煩別人，所以謊稱解決了。

沈明櫻咂舌半天，問：「那怎麼辦？情況說明都傳過去了。」

能怎麼辦？走了好幾道人情才聯絡上的律師，這時說換豈不是讓中間人掛不住面子。

而且據沈明櫻的朋友講，至坤是杭市最出色的律師事務所，劉茂的專業領域又跟阮喻的需求完全契合，總不能因為撒了個謊，就放棄最佳選擇吧？

「就這樣吧，我聯繫他。」

劉茂接通電話的時候，顯然也很驚訝。但他挺善解人意的，並沒有揭穿阮喻的謊話，自然地帶了過去。

講了幾句後問她：『阮小姐什麼時候方便，我們面談吧？』

不論他是否存了私心，這種事，電話裡確實講不清。阮喻答應了，說她隨時可以。

劉茂大概在看行程，片刻後說：『今天我有個庭審，明天上午十點在事務所見行嗎？』

「沒問題，那我今天需要做點什麼嗎？」

『可以把網路平臺上汙蔑、譭謗妳的關鍵紀錄，拿到公證處進行網路證據保全，我會遠端協助妳進行。另外，暫時別對外透露妳起訴的意願，以免打草驚蛇。其他還沒公布的證據也同樣按兵不動，既然要打官司，我們就不能太早露了底牌。』

劉茂談論起工作來毫不怯場，面面俱到的交代一下得到阮喻的信賴，尤其最後一句「我們」，讓她確實地生出了安全感。

她說：「我明白了，謝謝你，劉律師。」

『不客氣。』劉茂剛掛斷她的通話，又聽桌上的電話響起來，他看了眼來電顯示，接通電話，『淮頌，上次給你的資料有什麼問題嗎？』

次日上午八點，阮喻在梳妝檯前上了層淡妝，以掩蓋連日疲憊的倦容，拿好一疊劉茂叫她提前備好的資料出了門。

走到玄關的時候，恰好接到劉茂的電話。

他的聲音聽來有幾分歉意：『阮小姐，不好意思，等等我這邊可能還有個朋友。』

「有個朋友？」阮喻一時沒理解，以為這是要放她鴿子。

『就是上次跟妳提過的，我們事務所的高級合夥人，他人剛好在國內，說對這個案子挺感興趣，想一起參與。』

阮喻鬆了口氣，她還以為是什麼大事呢。

她說：「沒關係。」為了打消他的顧慮，又笑說，「兩位合夥人級別的律師一起參與，對我來說是好事啊。」

『嗯……』劉茂沉吟起來。

「怎麼了？」

那頭乾笑兩聲：『是這樣的，在嚴格意義上講，他沒參加過國內法律考試，在這裡不算律師。』

喔，阮喻明白他為什麼抱歉了。他是擔心自己帶了個「非專業」的同事，會讓她覺得失禮。不過聽來確實奇怪。既然連國內的律師資格證都沒有，那位「金主爸爸」是來看戲的嗎？

『妳要是介意……』

「沒關係的。」阮喻立刻道。這件事一看就明白，劉茂是處在比較為難的境地，要是能隨便攆走金主，還用得著跟她來致歉嗎？她當然不想讓他難做事。

『那我們待會兒見。』

「待會兒見。」

說定後，阮喻穿了鞋出去，臨關上門前，回頭瞄到白牆上的日曆：5月11日。

這日期看在眼中感到莫名熟悉，她想了一路才記起是怎麼回事——是她的日記本。

當初在老家閣樓，翻開的那頁日記，開場白就是：

五月十一日，天氣晴。今天遇見許淮頌三次。

她人在計程車上，想到這裡嘆了口氣。

十年前的這天，滿心滿眼都是許淮頌，十年後的這天，又為了個因他而起的官司奔波忙碌。她是上輩子做天使，折翼的時候砸到許淮頌，現在才要來還債的是不是？

阮喻感慨著偏頭望向窗外，神色淡淡的，直到視線裡映入「至坤律師事務所」幾個黑體字。

事務所是幢獨棟建築，整體風格偏北歐風，也不知是根據誰的審美來建的，一股禁慾嚴肅之感撲面而來。

她下了車，到櫃檯報姓名，跟接待人上了三樓。

領她入內的小夥子看她一路沉默，笑說：「阮小姐是第一次來吧？我們事務所沒那麼嚴肅，您不熟悉才會覺得拘謹，多來幾次就好了。」

阮喻低咳一下，小聲說：「我其實不太想多來幾次……」

「……」也是喔。

陳暉不好意思地撓撓頭，說：「您挺幽默的。」到了樓梯口伸手一引，「直走到底，左邊那間就是了。有什麼問題隨時找我，我姓陳，您可以叫我小陳。」

阮喻說了句謝謝，到了洽談室門前，敲三下門以示禮貌。

裡面傳出一聲「請進」，應該是劉茂的聲音。

她按下門把走進去，見棕皮沙發椅上的劉茂迅速起身，笑著迎上來：「阮小姐。」

「劉律師。」阮喻目光一掠，移向跟前另一張沙發椅。

那邊還坐了個人。

那人好像沒有起身的意思，正低頭看資料，背對著她，只露出一個後腦勺。

但這一眼望去，她卻覺得莫名的熟悉，就像看見5月11日這個日期時，心裡升起的那種奇異感受一樣。僅憑一個後腦勺，就讓她產生異樣感的人？

她愣了愣，不知怎麼的，心跳不可抑制地快了起來。

劉茂的聲音適時打斷了她的思路，見到她目光的落點，意識到作為東道主的失禮，說：

「啊，我介紹一下……」

沙發椅上的人似乎猶豫了一秒，接著順勢站起，回過身來。

阮喻的目光隨之一動，等落在對面人的那張臉上，配上早已高度預警的心跳，整個人徹底傻在了原地。

盛夏五月，洽談室裡開了冷氣，她渾身上下的血液卻在這一刹那急速激湧，熱度直線上升，腦袋一陣眩暈，像遇上水庫突然開閘洩洪，滿耳都是翻江倒海的聲音。

兩人的目光隔空交會，她像是被什麼燙到了一樣，手一鬆，懷裡的半透明資料袋劈哩啪啦地全數落地。

薄唇，平眉，深窩眼，這張臉……許淮頌？

怎麼會是許淮頌？劉茂口中的合夥人就是許淮頌？

直擊心底的「死亡三連問」讓阮喻差點揉起眼睛。幸好劉茂撿資料袋的動作提醒了她，她忙蹲下身，暈乎乎地說：「不好意思……我自己來吧。」

其實劉茂也有點暈。他的介紹詞都沒來得及說出口，兩邊這是怎麼了？

阮喻一邊埋頭撿文件，一邊眼神亂瞟，瞟到不遠處那雙亮晃晃的皮鞋，感到對方的目光似乎就落在她頭頂的髮旋上，覺得頭皮都快燒焦了。

不該是許淮頌吧？她寫小說寫得走火入魔，認錯人了吧？他都消失八年了不是嗎？

她懷著僥倖心理抱起一堆文件袋，劉茂也跟著直起身子，疑惑地看看兩人，問：「兩位認識？」

許淮頌的目光從阮喻身上移開，嘴一張還沒開口，卻先聽見她的搶答：「不認識，不認識……」

她答完好像有點心虛，稍稍垂了垂眼，因此沒發現許淮頌微微揚眉的動作。

一片寂靜裡，她低著頭聽見他的回答：「嗯，不認識。」

連聲音也很像……

阮喻快窒息了，一旁的劉茂企圖化解這莫名其妙的尷尬氣氛，與她笑說：「那就介紹一下，這位是我們律師事務所的合夥人，許淮頌。」

她緊緊抱住懷裡的文件袋，抬起眼，向對面人點頭致意：「你好。」

劉茂再介紹阮喻：「這位就是本案的委託人，阮小姐。」

許淮頌點點頭，說：「妳好。」

看這兩人奇怪的樣子，大概不適合來個禮貌性握手了，劉茂摸不著頭腦，只得招呼他們坐下。

阮喻走向沙發椅的腳步都是虛浮的。

實際上，前幾年她還對許淮頌有那麼點餘情未了的時候，也曾幻想過有朝一日和他久別重逢的畫面——譬如在落英繽紛的街頭，又或是在人潮洶湧的遊樂場、海天一線的沙灘。浪漫、絢麗，充滿一切美好的色彩。

卻絕不是像現在這樣。

她，一個二十六歲的「中年少女」，隨意地穿著白T恤和牛仔褲，抱著一疊寫滿了對他這個人從肉體到心靈全部幻想的資料，並且即將要針對這些幻想和他本人進行法律層面的深入探討。太、太丟人了吧？

阮喻在即將觸碰到沙發椅的瞬間猛然站直，已經落座的許淮頌和劉茂一起抬眼看向她。

她壓下心底的忐忑，抱著文件俯視他們，義正嚴詞地道：「兩位律師，常言道，得饒人處且饒人；忍一時風平浪靜，退一步海闊天空；救人一命勝造七級浮屠……」

許淮頌的眉梢再次揚了起來，那副金框眼鏡後，眸光漸漸變得深沉。

阮喻硬著頭皮接下去，底氣不足地扯謊：「我的意思是，我突然不想告了……」

她說到最後的時候，沒敢看許淮頌，只是死死盯牢了劉茂，像抓住一根救命稻草——只要他一個眼神肯定，她可以拔腿就跑。對面的許淮頌卻表現得漠不關心，聽完這句話就低下了頭，拿著手機傳起什麼訊息。

在阮喻看來，大概是「你們聊，我隨意」的意思。

對於縈繞在身邊的壓迫感，劉茂越發一頭霧水，沒理清楚就被賦予決定權，他一時也迷茫不已，說了句廢話：「阮小姐考慮清楚了？」

阮喻還沒回答，就被一陣手機鈴聲打斷：「啊情深深雨濛濛，世界只在你眼中……」

「……」

劉茂低咳一聲：「不好意思，兩位，我接個電話。」說完扭頭匆匆出門。

他人走就算了，還把門帶上了，阮喻更加侷促不安，杵在沙發椅前尷尬地呵呵一笑：「劉律師品味真好啊。」

許淮頌頓了頓，抬頭看了她一眼：「嗯。」

時間突然變得很慢，如坐針氈，每一秒都難熬。她只好繼續沒話找話：「上次見他，還不是這個鈴聲。」

他再次抬頭，這回輕輕推了一下眼鏡：「上次？」

阮喻遲疑著點了點頭，卻見他似乎很快就失去了探究的興趣，伸手示意她落坐，然後低頭翻開手邊律師事務所的宣傳資料。

「請坐」這件事，通常是無聲勝有聲，她不爭氣的腿就那麼彎下去了。

許淮頌一指茶几，意思是她可以把懷裡的文件放在上面，然後就自顧自地瀏覽起了資料，沒再看她。她這才放心地放下那彷彿重逾千斤的「燙手山芋」。

劉茂遲遲不回，連個活躍氣氛的人也沒，洽談室變得一點也不適合洽談。

阮喻的眼神四處瞟了一會兒，無意識間還是落回了對面的人身上。這時候靜下來，她才慢慢接受了，自己真的在高中畢業八年後遇見了許淮頌這個事實。

然而面前的這人，好像是許淮頌，又好像不是。除了五官樣貌差不多，其他地方變化還挺大的。個頭拔高幾分，身材結實一些，不像當年那樣瘦成竹竿，周身也似鍍了層經過歲月過濾、沉澱而來的成熟氣韻，對她來說，熟悉又陌生。

不過歲月對許淮頌真是慷慨啊。要知道，一般人都是打磨出了地中海和啤酒肚。

想到這裡，她感慨般地吸了口氣要嘆，還沒嘆出去，就聽對面的人冷不防地道：「阮小姐對我有意見？」

阮喻一愣。當年做廣播體操運動時，她每次都偷瞄他，他都沒有發現，怎麼會過了幾年律師生涯就變得如此敏銳。不過，他看起來心情不太好？

她趕緊擺手：「哪裡哪裡，不敢不敢……我是在感嘆自己命途坎坷呢。」說著指指茶几上的文件，示意自己是在為案子發愁。

許淮頌隨她這一指看了過來。她立刻意識到危險，伸手稍稍一遮，把半透明的文件袋朝自己這邊挪了挪。許淮頌也就收回了目光，繼續翻資料，接著就從餘光發現，那隻細白的手又把文件往外移了一公分，見他毫無所動，幾秒後，再小心翼翼地移了兩三公分。

「得寸進尺」這句成語能這樣用嗎？他想了想，算准她要移第三次的時機，忽然抬頭。

阮喻顯然嚇了一跳，渾身繃成一隻燙熟的蝦子，衝他乾笑著說：「怎麼了，許律師？」

這聲「許律師」，叫的人彆扭，聽的人也彆扭。氣氛直降到冰點。

劉茂恰好在冰點時回來，向兩人致歉，說樓下臨時出了點問題。

阮喻碰上了救星，一把抱上那疊要命的文件，起身說：「劉律師，我考慮清楚了。」

劉茂面露惋惜：「我尊重阮小姐的決定，但我遇到過不少和妳一樣臨陣猶豫的委託人，只是他們猶豫過後，最終往往仍會選擇訴訟，妳大可再考慮一下。」

「你說的那種，是離婚案的委託人吧？」許淮頌低著頭，忽然冷不防來了一句。

劉茂表情呆住。

阮喻不解地眨眼。這兩人關係不好嗎？怎麼許淮頌拆臺拆得那麼狠？印象中，他以前似乎不毒舌吧？

畢竟在她的認知裡，他是那種高冷到凡無必要就懶得動舌頭的人。

她清清嗓子打破尷尬的氣氛，跟劉茂說：「謝謝，我會再考慮一下的。」

劉茂說著不客氣，看了眼窗外高升的日頭：「大熱天的，我送妳回去吧？」

阮喻趕緊搖頭：「你忙你的，這時候來回一趟，都錯過吃飯時間了。」

「沒事。」他笑得和煦，「妳公寓附近不是有餐廳嗎？」

她反應過來，出於禮貌接上：「那我請你吃個飯，昨天你還指導我去公證了一堆資料，真的麻煩你了。」

她話音剛落，那頭的許淮頌就站了起來：「西式？」

劉茂愣了愣：「那裡是有家西式餐廳。」

「行。」他拎起放在沙發上的西裝外套，拉開門先一步出去。

劉茂滿頭問號，記憶彷彿斷片。他和阮喻剛才邀請許淮頌一起了嗎？

阮喻也不明所以：「你們已經約好一起吃午飯了？」所以許淮頌才自動捆綁上來？

劉茂想搖頭，但不知出於什麼隱密的心情，反而點了點頭，說：「對，要不然我們下回再約吧？」

阮喻指指門外：「可他下去了。」

劉茂說：「沒關係。」

下樓後，跟許淮頌解釋不跟阮喻吃飯了，叫他留在事務所等自己回來。

許淮頌看了一眼他身後的阮喻，目光一轉即回：「這裡有床？」

劉茂一愣，算了算時差，覺得不太對，說：「你這時候要睡覺？」

「嗯，找個飯店。」許淮頌又補充一句，「我沒駕照。」

言下之意，讓劉茂當司機。

「那先送阮小姐？」

「嗯。」

三人一前兩後到了停車場。劉茂的那輛荒原路虎好像剛打了蠟，閃閃發亮。他替阮喻拉開副駕駛座的車門，她卻頓了頓。在非商務性場合，副駕駛座這個位置多少意味著一種占有與歸屬。

她不確定劉茂是有意還是無心，退了一步讓開位置，跟後面的許淮頌說：「許律師先請？」

許淮頌看她一眼，又看看略微有點僵硬的劉茂，唇角一彎，比個嘴型：謝謝劉律師。然後迅速恢復冷臉，坐上了副駕駛座。

阮喻已經轉頭走向後座，並沒有注意到他這點小動作。上帝視角的劉茂蘋果肌一抽。

車緩緩駛離停車場，阮喻猶豫了一下說：「劉律師，我不回公寓了，去朋友家可以嗎？」這話一出，前座兩人似乎一起抖了一下。她以為自己的要求過分了，急忙解釋：「不耽誤你們時間，那裡更近。」

劉茂趕緊笑說：「沒問題，地址傳給我。」

阮喻就把地址傳了過去。接下來一路，車內三人沉默無言，只有導航裡的溫柔女聲時時響起：「前方行駛六百公尺後，左轉進入……」

遇到紅燈，劉茂握方向盤的手鬆了鬆，看了一眼右手邊的許淮頌。許淮頌察覺到了，回看他一眼，下巴微微一抬。

劉茂再次看過去，眉頭一皺，然後看見許淮頌以極小的、後座人不可見的幅度，伸出了拳頭。他吸口氣，從後視鏡看到阮喻的目光落在窗外，並沒有看他們，於是用嘴型說：剪刀、石頭、布。

「布」字落，他出剪刀，許淮頌保持拳頭。

他認輸，低咳一聲，看了一眼後視鏡：「冒昧請問，阮小姐去哪位朋友家？」

許淮頌瞥他一眼——問得挺直接啊。

他回看他——那不然怎麼問？

阮喻沒發現兩人之前的那番「博弈」，聞言才偏過頭來。

許淮頌立刻挺直背脊，側臉溫度降到零下。劉茂心裡奇了，這個人今天是怎麼回事，瞎裝什麼高冷正經？

沒等他想通，阮喻的聲音已經響起：「明櫻你認識嗎？是我託她朋友聯繫上至坤的。」

「喔。」他回神點頭，「我知道的，是沈小姐。」

劉茂說完，又看一眼彷彿事不關己的許淮頌——好了，問出來了，女性朋友。但許淮頌這次沒再跟他眼神交流。他偏頭望著車窗外的景色，眼底晦暗不明。

沈明櫻，他竟然還記得這個人。

那是阮喻高中時候最要好的死黨。這麼多年，他以為自己都過去了，到頭來，卻連她一個朋友的名字都沒忘記。

直到阮喻下車，車裡都沒人再說話。

她拉開車門跟兩人道謝，爬上了沈明櫻的公寓，急急地按門鈴。

沈明櫻以為她出了什麼事，詫異道：「怎麼了，案子沒談成？」

阮喻裝了一路的雲淡風輕徹底崩塌，哭喪著臉說：「明櫻，妳知道我遇見誰了嗎？」

「劉茂吧，他跟妳告白了啊？」

阮喻上前拽住她衣袖，欲哭無淚：「是許淮頌……我遇見三次元的許淮頌了啊！」

公寓樓下，劉茂重新發動車子，緩緩駛出一段路後，一腳踩下剎車。他這一停，許淮頌就知道他終於憋不住了。

果不其然下一秒，他扭頭問：「剛才那個電話是你叫人打給我的，故意支開我？」

許淮頌笑了一聲：「你那麼久才反應過來，怎麼當律師？」

劉茂一咬牙，肺裡一抽一抽地疼，驚訝了半天，問：「前女友？」

許淮頌聽見這稱呼似乎愣了愣，在腦子裡過濾了兩遍「前女友」三個字，撇過頭看向窗外的林蔭道，目光一直投落到盡頭一間紅色的電話亭。

片刻後，他笑了笑，無恥又吊足觀眾胃口，慢慢地講：「怎麼說呢……」

怎麼說呢？許淮頌一時還真不知道從哪邊開始講起，半天吐出四個字：「有點複雜。」

「這世上還有比前任更複雜的人際關係？」

「債務人和債權人不複雜嗎？」

劉茂瞪大眼，一想，還真是那麼一回事。

做律師這行，與形形色色的人物打交道久了，觀察力也日漸敏銳。就今天這個狀況來看，他能夠確定，阮喻和許淮頌彼此相識。

他原本想，能把一次重逢攪得那麼僵的，只能是「最熟悉的陌生人」了，可被這話一提醒，才發現自己的想法太過狹隘。

劉茂恍然大悟，結巴了一下說：「她……她欠你錢啊？」

怪不得阮喻戰戰兢兢，裝不認識許淮頌。而許淮頌呢，也硬是拗出張撲克臉來。

見他當真，許淮頌笑了聲：「沒有。」

「……」劉茂有點想犯法。

「找地方吃飯吧。」見他還要問，許淮頌及時截斷了話題。

他只能踩下油門，邊打方向盤邊回想起昨天。

昨天許淮頌打電話來，託他調個關係，查一個人的基本資訊和聯繫方式。他問急不急，因為手頭剛接了個著作權與名譽權糾紛案，趕著做網路證據保全公證。

許淮頌說急，但說完卻沒了一下文，想到什麼似的，改問這樁案子的委託人是誰。他是至坤的合夥人，有權了解事務所接手的案件，劉茂一五一十地說完，結果就被匆匆掛了電話。

再得到許淮頌的訊息是今天淩晨，他語不驚人死不休地說自己已經到國內的機場了。

這麼前後一連起來，劉茂徹頭徹尾地懂了：許淮頌口中要查的人就是阮喻。

哪有什麼意料之外的重逢？他就是為她回的國。只不過千里迢迢趕來，換來人家一句「不認識」而已。

哪個男人還不要點面子？劉茂也就沒打破砂鍋問到底，說：「吃什麼，西式？」

「太慢了。簡單點吧，我趕飛機。」

「飛舊金山？」他詫異。

許淮頌點點頭。

敢情連找飯店也是扯謊。

「你不是剛來嗎？怎麼就急著走？」

「距離我委託人開庭只剩不到二十四個小時，你說我急不急？」

劉茂瞠目：「你瘋了啊？」

花十幾個小時趕回國，匆匆見一面，又花十幾個小時回去辯護？

許淮頌調低座椅躺下來，疲憊地闔上眼：「可能是吧。」說完又笑著嘆口氣，「換成誰誰不瘋？」

沈明櫻的公寓裡，阮喻蜷縮在沙發上，腦袋埋進抱枕裡：「真是要瘋了……」

沈明櫻聽她從頭講到尾，笑出眼淚來：「是誰當初信誓旦旦，說不會被認出來的？」

「我哪知道真的會鬧到本尊那裡去。」她抓著頭髮爬起來，「太玄幻了，小說都不敢這樣寫，我不是在作夢吧？」

「妳知道自己現在像什麼時候的樣子嗎？」

她有氣無力地咕噥：「什麼時候……」

「滿十八歲的第一天，被許淮頌牽了手的那個晚上。」

那天她跟喝了蠻牛一樣一夜沒睡，也一遍遍地問自己是不是在作夢。

可是當初有多興奮，現在就有多想暴走。

沈明櫻扭頭去廚房做午飯，等回來，就看到她抓著手機面如死灰：「怎麼辦？我說這部小說是我親身經歷的那條微博，是連帶澄清大綱創作時間的影片一起傳的……」

也就是說，她不能刪文，也不能重新編輯內容，因為這樣的舉動，一定會被有心人賦予骯髒的含義。

「別自戀了，美國菁英律師才不會閒到去看妳的微博。而且人家壓根不記得妳，就算把妳的小說翻爛，也不一定發現妳在寫他。」沈明櫻幫她算著這筆帳，「退一萬步講，最差也不過丟個臉，誰還沒個青春期的幻想啊，是不是？」

阮喻知道這話在理，「可是一想到他可能會看到小說裡那段『春夢』，我就過不了心裡這關……」

沈明櫻哈哈大笑：「誰叫妳為了藝術效果，添油加醋！」笑完拿手肘撞了撞癱成爛泥的人，「說正經的，就為這點小事，不告了？」

她打起精神來，搖搖頭。說不告當然是假的，只是打算放棄至坤，另尋律師。確認沈明櫻的朋友那邊不會因此難做人後，當天她就聯繫了杭市另一家律師事務所。

對方同樣邀請她面談。這家律師事務所名叫鼎正，接手阮喻案子的樊姓律師雷厲風行，當晚就整理出了應對方案。所以次日她來到事務所時，直接拿到一份計畫書。

她一邊翻看資料，一邊聽對面的中年男人講：「阮小姐提到，這個案子涉及著作權與名譽權，但事實上它跟前者關係不大，妳的作品原創與否，不需要在法庭上得到認可。」

阮喻有點驚訝：「那要怎樣扭轉輿論？」

樊易忠扯扯嘴角：「在網路證據保全到位的前提下，只要證明大綱失竊，被告的侵權行為就成立了。」

「在法律層面或許是這樣，可您也看到了，涉案作者已經配合我做出澄清，然而在輿論層面上，作用並不大。」

「因為那份聲明目前還不具備法律效益。」

她皺起眉頭：「但如果在證明大綱失竊的基礎上，對作品原創性也做出探討，不是更有說服力嗎？」

「失竊成立後，再探討兩篇作品根本毫無意義。難道阮小姐很期待得到『雙方作品高度相似』的結果？」

她搖搖頭：「相似只是表像，只要您仔細對比兩篇文章，就會發現……」

「如果阮小姐堅持己見，」樊易忠打斷她，「我的計畫無法達到妳的預期，建議您另請高明。但說實話，我不認為有哪位律師會採納您的看法。」

阮喻沉默片刻，點頭：「我明白了，謝謝您的建議。」

杭市這幾天急速入夏，阮喻離開鼎正時，太陽已經相當毒辣。她頂著烈日攔車，原本要回公寓，剛到岔路口卻想起樊易忠的最後那句話，隱隱有些不甘心，改道又進了另一間律師事務所。

接連進出兩家後，她在大馬路上接到了劉茂的電話。

劉茂聽見她這邊的鳴笛聲，低低「啊」了聲：『妳在外面？那方便的時候再聊吧？』

阮喻說了句「稍等」，拐去路邊一家無人報刊亭。

報刊亭的一側擺著一排透明方箱，裡面塞著可供自助購買的報紙和雜誌。只是大熱天的也沒人有閒情買報紙。

阮喻在陰涼清淨的亭簷下站定：「你說吧，劉律師。」

劉茂開門見山：『公證程序快辦好了，妳考慮得怎麼樣？』

阮喻稍稍沉默。她當然從頭到尾都沒放棄過訴訟的打算。雖然短短半天內，她在三家律師事務所碰壁，說不喪氣是不可能的，可理智點想，律師們並沒有錯。

能夠一槍正中紅心，為什麼非要迂迴費事？吃力又未必討好的事，誰願意做？畢竟是歷經過社會打磨的人了，知道學會變通有時是生存法則，所以剛剛過馬路的時候，阮喻在想，是不是別鑽牛角尖了？

然而劉茂打來的這個電話，卻讓她想再試最後一次。

她不答反問：「劉律師，在你的設想裡，這個案子該怎麼處理？」

劉茂似乎愣了一下，說：『證明大綱失竊是最直接的方法。』

阮喻認命地嗯了一聲。

他敏銳地察覺到她的低落，問：『怎麼了？妳要是碰上麻煩，儘管開口，就算我不是妳的委託人，也可以是妳的朋友。』

她猶豫著說：「我是在想，假設我有探討作品原創性的訴求，可以在這個案子裡達成嗎？」

電話那頭沉默得有點久，她大概明白了，笑說：「算啦，我知……」

『可以。』劉茂打斷她。

「可以？」

劉茂沉吟了一下，說：『對，可以達成……』

聽他語氣不對勁，她愣了愣：「如果是出於朋友的幫助，你不用勉強。」

『不是勉強！』

這一句拔高的聲音引來回聲，她問：「劉律師，你的電話開了擴音嗎？」

『對。不好意思，請妳稍等，我這邊臨時有幾份文件要簽。』

「那你先忙。」

阮喻沒掛電話，聽那頭沒了聲音，就拿著手機低頭看起透明格箱內的報紙。

疊攏的晚報露出半篇新聞報導，講的是美國S．G公司一名離職高級主管轉投競爭對手的門下，違反競業條款，遭到起訴的事。即使是在全美有名的電腦軟體發展公司，也難免捲入這種糾紛。

阮喻歪著腦袋瞟了幾眼，瞥見「舊金山」、「明日開庭」、「華人律師」幾個字眼，再要細看時，電話那頭傳來劉茂的聲音，說他忙完了，問她還有沒有在聽。

她抬起頭：「你說。」

劉茂的言辭比之前流暢許多：『妳所說的探討雖然不是必要證據，但作為輔證，也可能對訴訟結果產生有利影響，所以這個訴求是有可能實現的。』

阮喻有點意外地說：「你不擔心比對結果不理想嗎？」

劉茂重新陷入沉默，說：『不好意思，我再簽幾份文件。』

「……」

一分鐘後，他再次開口：『要說擔不擔心，講白了還是在會不會勝訴，作為律師，出於職業道德，我不能給妳答案，但我認為，真正的原創值得一次這樣的嘗試。』

阮喻呼吸一滯。接連碰壁之後，這一段話無疑如同雪中送炭。劉茂的形象在她心裡一下拔高成頂天立地的巨人。文人的熱血情懷頓時湧上心頭，幾乎是一瞬間，她拿定了主意：至坤和劉茂才是她正確的選擇。

但是下一秒，電話那頭的人遲疑著說：『嗯……這些話是從許律師那裡學到的。』

「……」

頭腦發熱的阮喻迅速冷靜下來：「劉律師，假如選擇訴訟，我的委託代理人是你吧？」

『當然。』

「那許律師？」

『他不出席開庭，僅僅參與備訴。』

阮喻撐住額頭，扯了個謊說：「那個……我可能負擔不了兩位律師的委託費……」

『這個妳別擔心，許律師是出於個人研究需要參與進來，他那部分的費用不用妳另外支付。』

她還想掙扎：「其實我有幾個業內朋友也遭遇過著作權糾紛，我可以介紹他去見習。」

『嗯……這個……』劉茂的語氣聽起來有點為難，『但我從業多年，確實沒見過比妳這個案子還特殊的了。』

阮喻不知道自己是怎麼掛斷電話的。等她回神時，對話視窗已經多了一張名片——『至坤劉茂向你推薦了許淮頌。』

她捧著這台猶如千斤重的手機站在原地，一陣頭暈目眩。

第三章　隔著螢幕飆演技

那頭放下電話話筒的劉茂一樣緊張得頭暈，看了眼電腦螢幕，拿起桌上那台打開擴音已久的手機，怒氣沖沖地說：「許淮頌，你打字能不能快點？我哪來這麼多文件好簽！」

許淮頌拿著手機匆匆走出法院，跟劉茂說：「五筆輸入法不太熟練了。」

他這邊話音剛落，身後高聳的白色建築裡就追出個西裝革履的男人，特意來向他致謝，稱他在庭辯中的表現非常出色，並為自己之前對他的誤解感到抱歉。

這是S．G那邊的人，昨天許淮頌一聲招呼都不打突然回國，他起初誤以為他臨陣脫逃，差點拆了他所在的律師事務所。

許淮頌拿遠通話中的手機，用純正又悅耳的美式發音說不客氣。

不遠處停著一輛林肯，已經有人為他拉開車門。他向對方點頭致意，坐上後座才重新拿近電話。那頭劉茂開始說正事：『幫你把案子拿到手了。』

許淮頌這回客客氣氣地說：「辛苦了。」

相對地，劉茂的口吻就硬了起來：『人家躲你像在躲瘟疫似的，你這簡直是強買強賣，杭市那麼多律師事務所，為什麼非要她選擇至坤？』

「因為這個官司，只有我知道怎麼打。」

『就這麼一個民事糾紛，哪個律師事務所接不了？喔，還有，你對她有意思沒問題，但在這件事上你首先是個律師，不能當事人說什麼就是什麼吧？她有什麼訴求，你眼睛也不眨就說可以實現？』

許淮頌笑了一聲。駕駛座的司機看他心情不錯，朝著後視鏡咧嘴一笑。

他回看對方一眼，友善地點點頭，再開口時笑意更盛：「我眨過了。還有，我對她什麼意思，我自己都不知道，你知道？」

劉茂愣住，驚嘆於他竟然完全畫錯了重點。

『我在說案子……』

「我說可以實現，就是站在律師的角度做的判斷。」

『不是，國內的法律體系跟你那邊不一樣，這個案子就我來看，就該從大綱失竊著手。』

「不管誰來看都該從大綱失竊著手。」許淮頌糾正他，換了另外一邊的耳朵聽電話，「但如果大綱根本沒有失竊呢？」

劉茂愣了愣：『你說什麼？』

許淮頌正要解釋，掌心突然傳來振動。他移開手機，看見一條微信新訊息，改問：「你把我的微信推給她了？」

『是啊。』

「那先不說了。」

那頭的劉茂『哎』了一聲企圖阻止，還是被他掛斷了電話。

但許淮頌點開微信後，看到的卻是許懷詩的訊息。

詩精病：哥，阮學姊的微博這幾天都沒動靜，評論和私信也還關著，你不是叫我別管這件事，說都交給你處理嗎？

言下之意，怎麼這麼多天還沒處理完。

他低頭打字：沒那麼快，妳好好讀書。

詩精病：真的不用我發表新聲明嗎？

許淮頌傳語音過去：『之前壯著膽子撒謊，這下後悔了？任何聲明都是要負責任的，現在是風口浪尖，這個節骨眼徹底推翻重來，妳想過輿論會怎樣惡化嗎？妳以為，還有人相信妳，相信她？』

詩精病：我知道錯了……那我們私底下該給阮學姊一個交代吧？

許淮頌：沒有「我們」，私下的解釋是我跟她的事，妳閉好嘴。

許淮頌打完這句就沒再回她，剛要放下手機，又看一眼訊息欄下方的通訊錄。

那裡空空蕩蕩的，並沒有出現標注數字的紅圈。

阮喻躊躇了半天，臨近傍晚才放棄掙扎，第一百次點開許淮頌的名片，硬著頭皮按下「添加到通訊錄」，結果又卡在傳送驗證申請的環節。

要說什麼呢？

許律師你好，我是阮喻？

許律師，打擾了，麻煩通過一下申請？

她搖搖頭，刪掉打滿的一行字，捏著手機倒頭陷進沙發裡。

這情境像極了高中時代。

當年剛喜歡上許淮頌時，她其實考慮過要告白，靠著她爸是他班導的這層關係，偷偷弄到了他的QQ號碼。可就是沒勇氣傳送申請，只能一天天盯著他那點萬年不變的個人資料來回翻。一鼓作氣，再而衰，三而竭，於是她三年都沒加他的QQ。

冷靜了一會兒，手機忽然一震，她以為是誰傳來的訊息，拿起一看卻是許淮頌：我通過了妳的朋友驗證請求，現在我們可以開始聊天了。

阮喻整個人瞬間從沙發中彈起。她把訊息傳出去了？不小心按到了？那她的驗證內容填的是什麼？翻來覆去得不到答案，她急得跳下沙發，踱了幾步又默默地爬回去，摸起瀏海。

〆

手機另一頭的許淮頌盯著螢幕，看著那行「略略略略略」的驗證內容彎起嘴角。她在幹什麼？

舊金山已經是淩晨時分，阮喻不知道他一眨眼又回了美國，所以才這時候傳來訊息。他端起手邊的咖啡抿了一口，等她開口，但螢幕上卻遲遲沒有動靜。

這場沉默就像高中時代持續了三年的「對峙」。他們在自己搭建的舞臺上，背對背演著彼此看不見的戲碼，誤以為所有的深情都是一個人的劇本。可是那張布幕，在多年以後揭開了。

許淮頌看了眼手機螢幕上，已經被他翻爛的小說介面，起身踱到巨大的落地窗前，眺望著這座城市深夜不熄的璀璨燈火，看著金黃色的光斑投射在遠處寬闊的水面上，隨風粼粼躍動，在靜謐裡漾出點點灼意。

過了一會兒，他的手機再次振動起來。

軟玉：許律師你好，我是阮喻，我們昨天見過面。

看這語氣，還打算繼續裝不認識他。

他淡淡眨了眨眼，打字配合：妳好。

『許律師，如果方便的話，我想請教你一個問題。』

『嗯。』

『那個……我剛才傳的驗證內容是什麼？』

許淮頌對著螢幕笑起來，好像從這一串對話中，讀出她的崩潰掙扎。十秒鐘後，他乾脆截圖給她。

軟玉：……

安靜了足足兩分鐘，手機才重新振動。

軟玉：我不小心按到的……許律師，你現在在美國嗎？

許淮頌看了眼截圖上自己暴露的手機資訊，回：嗯。

軟玉：不好意思，我不知道……

許淮頌想說沒關係，他本來就睡得晚，打完字又覺得這語氣不妥，於是刪掉。就在這片刻沉默裡，阮喻已經接上：抱歉打擾你休息，等你方便的時候我們再談吧？

他回頭看著那杯喝光的咖啡捏捏眉心。神都提完了，這意思是，他可以睡覺了？

阮喻沒再傳訊息來，他關了手機螢幕，似乎對她裝傻到底的疏遠態度感到煩躁，轉頭走進浴室，重新解開浴袍。從蓮蓬頭中流出的水從頭淌到腳，一個澡沖完，他濕漉著頭髮出來，看了眼桌上的手機，最終還是拿起了它，回覆：約舊金山時間下午五點吧。

♂

於是阮喻又得到了一個關鍵訊息：他在舊金山。

過去這八年，他或許就生活在那個距離她一萬多公里的地方，與她隔著一整片太平洋。當然，以後也一樣。

她忽然有點慶幸。這樣看來，他們不需要面對面交流，隔著螢幕，所有祕密就會變得安全許多。

所以五分鐘後，當許淮頌附上電子信箱，叫她把所有資料先傳過去的時候，她也拿定主意顧全大局，沒再躊躇。

不過這一晚，阮喻還是沒睡好。因為舊金山時間下午五點是她這邊早上八點，這就意味著，她一睜開眼就要跟許淮頌談案子。

這陣子她被網路暴力包圍，生理時鐘本來就紊亂，又被這個約定施加了壓力，直接失眠大半夜，以至於七點半鬧鐘響的時候，她沒能抵抗睡意，秒關了它。

再醒來時已經過了約定時間，手機螢幕顯示「08：27」。阮喻一下驚醒，鑽出被窩。

打開微信沒看見訊息，她鬆了口氣。在加州當律師，許淮頌應該不是什麼清閒的人，不會乾等她吧？

不過道歉還是應該的。她趕緊傳訊息過去：

許律師，實在抱歉，我睡晚了，你現在有空嗎？

那頭遲遲沒有回覆。

阮喻下床洗漱，直到做完早餐，手機還是很安靜。她因此不必狼吞虎嚥，得以慢吞吞把肚子填飽。剛放下喝光的牛奶盒子，手機就振動了一下，好像算準她吃完了早飯一樣。她點開一看，見到許淮頌傳來一個簡單的「嗯」字。

阮喻沒有打官司的經驗，不清楚和律師的交流模式，看他這麼清冷，也不主導談話，只好再次打字：那談談案子？

許淮頌：面談吧。

阮喻一愣，他不是在舊金山嗎？

下一秒。

許淮頌：視訊，方便的話。

阮喻差點沒拿穩手機，猶豫著打字：冒昧請問，這個案子有必須要視訊面談的部分嗎？

許淮頌：嗯。

她心裡一涼。昨晚還想著不用面對面真好，今天立的旗說倒就倒。

阮喻低頭看了看身上的睡衣睡褲，迅速回：不好意思，我現在不太方便。

許淮頌：要多久？

這麼言簡意賅的提問確實具有震懾力，隔著螢幕無法精准判斷語氣，阮喻甚至覺得，他好像不耐煩了。

想到自己才失約一個鐘頭，又矯揉做作要視訊不視訊的，實在說不過去，她只好誇下海口：『十分鐘後。』

沒見許淮頌說好不好，她半天才反應過來，這是默認計時開始了？

阮喻飛快扔下手機，扒掉睡衣，隨手抓起一件荷葉袖的雪紡衫往頭上套，穿完覺得有點透，又重新脫掉加了一件內襯。來不及換睡褲了，考慮到視訊可以忽略下半身，她轉頭奔到梳妝檯前。

鏡子裡的人因為連日疲憊，憔悴得面有菜色。

不行。

人家都說在前男友面前不能輸陣，雖然前男神跟前男友差一個字，但不是半斤八兩嗎？

這麼邋裡邋遢怎麼行。阮喻拿出素顏霜往臉上抹，又在眼下蓋了點遮瑕，最後薄塗上一層水紅色唇釉，臨要大功告成，看了眼瀏海，心中警鈴大響。

瀏海太油了，要洗頭來不及，但她拿來救急的乾洗髮好像兩個月前就用光了。

還剩兩分鐘。

她一陣翻箱倒櫃，只能打開蜜粉往頭髮上撲。

最後三十秒，她跑到客廳打開電腦，一邊喘著粗氣平緩呼吸，一邊打字：許律師，我這邊可以了。

那頭靜止了十五秒才傳來視訊邀請。

阮喻一手調整鏡頭角度，一手揉了揉臉，嘗試微笑一下，然後按下接受鍵。

許淮頌出現在螢幕裡。他穿了件簡單又體面的白襯衫，鈕扣扣滿，連袖口那兩顆都沒落下，正在低頭翻著一疊資料，整個人透出職場菁英的氣質。

他沒看她，全然處在工作狀態中，阮喻鬆了口氣。如果可以，她希望不要跟他有任何對視。

但好像是聽見了她心底僥倖的聲音，下一秒，許淮頌就抬起了頭。她立刻正襟危坐，跟他打招呼：「許律師好。」

一聲「許律師好」硬生生喊出了「市長好」的味道。

許淮頌的目光往螢幕上一掠，也像市長一樣朝她頷首致意，然後重新低頭，翻著資料說：『阮小姐的原稿篇幅有點長。』

阮喻這才發現，他把她昨晚傳過去的資料列印出來了，厚厚的兩疊。

她心裡一緊，嘴上鎮定地說：「沒關係，你慢慢看。」

許淮頌就真的慢悠悠地看起了稿件。

與他的氣定神閒相反，阮喻雙臂交疊，緊張得像個聽課的小學生，一雙眼盯住螢幕，仔細觀察他的神色變化。她怕他看到哪一段，突然產生了熟悉感。

但許淮頌除了翻頁就沒有多餘的動作，看起來完全像是在讀別人的故事。

阮喻慢慢放鬆下來。這一放鬆，就留意到了他周圍的環境。

那邊看起來像是一間書房，陳設簡單，桌椅都是冷色調，後方黑漆漆的書櫃上整整齊齊地排滿了書，好幾本厚得令人咂舌。

他的右手邊，隱隱露出落地窗黑漆漆的一角。她這邊的天已經豔陽高照，他那邊卻還沉沒在黑暗中。

阮喻看了一會兒，平時就不太好的頸椎變得僵硬起來，她扭了扭脖子準備活動一下，卻被對面迅速捕捉到了動作。

許淮頌抬頭，忽然與她四目相接。她猛地一頓，扭到一半的脖子，硬是拗出了個歪頭殺的姿勢。有沒有殺到許淮頌，阮喻不知道，但她殺到自己了。

脖子處清晰地傳來喀的一聲，她因為疼痛而閉了一下眼，也就沒發現螢幕那頭的人原本冷淡的眼神微微閃動了一下。等她睜開眼，許淮頌已經重新低下了頭。

一刻鐘後，阮喻見他好像看累了，翻攏了稿件，大概是打算之後再繼續看，抬起眼跟她說：『反抄襲對照表的製作，說說妳的想法。』

阮喻清清嗓子，張嘴卻頓住，低頭一看，發現自己根本忘了把相關資料拿來。

她這是在幹什麼？能不能專業點？

阮喻這邊頓住，許淮頌似乎就懂了，伸手一比，示意她請自便。她說句稍等，起身打算去書房拿資料，剛一站定卻渾身一僵，如遭雷劈。

那什麼……她的小小兵睡褲，好像沒來得及換？

她緩緩低頭看了一眼自己，然而這時候已經於事無補，她不敢回頭確認鏡頭的角度，抬頭挺胸，左右腳打了一次架，手扶著桌沿慢慢轉身離開。

那頭許淮頌握拳，掩嘴忍笑。再過兩分鐘，看見她換了一條裙子，若無其事地回來。

他也恢復了冷淡的表情。

為了掩飾尷尬，阮喻坐下後語速極快，直切主題：「之前有一位同行的朋友做了一部分反擊的對照表，我摘了其中幾個比較典型的例子，認為可以作為反擊的方向。」

許淮頌點頭示意她繼續。

她翻開資料，讓自己集中注意力，說：「第一個方向是細節設置類。比如對方在對照表中提到的罐頭花，雖然那段描寫，我的確發表在對方作者之後，但翻到第七章可以看到……」

許淮頌跟著翻到相關章節。

她把礙事的頭髮別到耳後，在資料上拿螢光筆打了個圈，拿起來對準鏡頭：「這個位置，我做過鋪陳，說女主角喜歡向日葵和薰衣草，而這處鋪陳發表在對方作者提及這兩種花之前。也就是說，表像上的先後不一定算數。」

許淮頌點一下頭，示意這個方向沒問題。

得到肯定後，阮喻繼續：「第二個方向是情節設置類。比如我在第十章寫到的，男主角和幾個配角的對手戲。」

許淮頌再次翻到對應頁碼。

阮喻卻頓住了，有點心虛，因為這段完全是真實經歷。

高一的時候念書壓力沒那麼大，十班有幾個又痞又壞的男生特別不乖，嫌學校食堂難吃，三天兩頭翻牆出去買炸雞。

有一回，她碰見許淮頌跟他們走在一起，其中一個男生勾著他肩，小聲說：「下課弄把梯子來，放後門牆角那邊。」

她當時很驚訝，心想許淮頌這麼清冷優雅、白馬王子似的人，明明應該是喝露水長大的，怎麼會跟他們沆瀣一氣，為滿足口腹之欲貪食炸雞？

果然不出她所料，他推開對方的手，語氣冷淡地說：「沒興趣。」但對方簡直是惡霸，又把手勾回去：「你不弄？那把你的手機交給老阮了啊！」

老阮就是阮喻的爸爸。她知道她爸的火爆脾氣，一聽就著急了，想聽聽許淮頌打算怎麼應付，但那群人已經轉進了教室。

沒辦法知道後續，為了不讓許淮頌陷入可能的危機，下課後，她憑著她爸爸的關係，費了九牛二虎之力，從庶務那裡弄來一把梯子，偷偷放到學校後門牆角草叢裡，然後事了拂衣去，深藏功與名。

阮喻把這段原封不動地搬進了小說，所以怕被認出來。

看她出了半天神，許淮頌發問：『怎麼了？』

她一秒神魂歸位，繼續說：「這段情節，另一本作品也有，但仔細看，發展後續和著墨意圖完全不一樣。我的版本是女主視角，後續是女主角偷放梯子，意在展現她的暗戀心境。」

阮喻頓了一頓，「但對方作者的版本是男主視角，後續是一段男主角的心理描寫，說他其實很喜歡吃炸雞，只不過當時曉得女主角在附近，覺得翻牆很丟臉，才故意表現得不食人間煙火。這邊的著墨意圖，是為了體現男主角的表裡不一。」

許淮頌聽到最後輕咳了一聲，隨手拿起手邊杯子，喝了口水，然後說：『這個方向也沒問題。』

阮喻放心地點點頭：「第三個方向是人物設置類。雖然兩本書有多處撞眼，但就像上個例子所說，實際上人設有所區別，尤其男主角這個人物，在我的版本裡屬於內向類型，但在對方作者的版本……」

她一下找不到形容詞，正在思索，突然聽見一聲清響，大概是許淮頌收到了訊息。

他沒理會，以眼神示意她繼續。

但阮喻還沒開口，那頭又響起了一聲提示音。緊接著，訊息奪命似的不斷彈出來。

許淮頌皺了皺眉，不得不點開。

詩精病：哥，我又把阮學姊的小說看了一遍。

詩精病：天啊太好笑了！怎麼在她心裡，你是那種人啊？

詩精病：你以前是不是每天都在她面前裝模作樣啊？

詩精病：啊，不過這樣看來，阮學姊喜歡那款啊，你小心你的人設不要崩壞了喔！

許淮頌：「……」

他小心得很呢，還用她說？

詩精病：唉，話說回來，哥，我還挺同情你的。別說阮學姊現在可能不喜歡你了，就算還喜歡，她心裡那人也不是真的你啊！

許淮頌忍無可忍地打字：作業太少了？

阮喻看他似乎咬了咬牙，情緒不太對，小心翼翼地問：『你有事要處理的話……』

『沒。』許淮頌抬頭，立刻恢復到冷漠疏離的狀態，『繼續。』

他一邊這麼說著，一邊覺得「忠言逆耳」，還是有必要重視許懷詩的提醒，於是一心二用，隨手打開搜尋引擎。

他輸入：『怎樣成為一個神祕的人。』

跳出來的第一條是「知識＋」，還真有人跟他提了一樣的問題。

他正打算點進去看詳情，卻先一眼看到底下露出的第一句回覆：『別作夢了，會問這種問題，那你這輩子都別想有什麼神祕感了！』

「……」

結束這場視訊通話後，阮喻闔上筆記型電腦，累得像剛跑完八百公尺。

通話的最後，許淮頌讓她就剛才提到的幾個方向，結合原有的反抄襲對照表，把雙方的作品做初步對比，整理成檔案，問她需要多久。

她估算後說三天。

這個估算是喝了蠻牛的速度，得挺直背脊全程高速工作才行，阮喻已經做足心理準備，但許淮頌好像很忙，說一週後才有工夫跟進她的案子。

她就放寬了自我要求，甚至在第七天完成工作後，接受了沈明櫻的外出邀約。

沈明櫻是拉她出來逛街散心的，一路上刻意沒提煩心事，倒是問了她一句，有沒有在許淮頌面前穿幫。

她一臉厭世的表情：「沒有，可是明天又要視訊了……」

沈明櫻笑得花枝亂顫。

兩人逛了一天，手上大包小包，傍晚差不多要打道回府時，到了最後一個戰場——香水專櫃。沈明櫻依然精力充沛，興沖沖進去，隨手指了兩瓶叫阮喻試試，然後去挑自己的款。

櫃姊上前來，邊介紹邊把香水噴到試香紙上，晃了兩下遞向阮喻的鼻端。

花果調的香水，充斥著柑橘和青檬氣息的前調沁人心脾，像回憶裡盛夏的味道，澄澈鮮亮，又隱隱醞釀著一絲終將應驗的苦澀。

初聞還算舒暢，但阮喻低頭的瞬間卻滯了滯。不是因為這個香氣，而是她覺得背脊涼涼的，身後好像有人在看她。

櫃姊看她這一頓，誤以為她不喜歡這個味道，轉而又拿起另一瓶。她順勢回頭掃了一眼，沒發現不對勁，再看不遠處的沈明櫻，正試香試得起勁。阮喻按捺住疑慮，連續試了幾瓶後，那種毛骨悚然的不適感卻越來越強烈。

她跟櫃姊擺手示意暫時不需要了，正要往沈明櫻那邊走，忽然聽見身後傳來一個驚訝的女聲：「阮學姊，真的是妳啊！」

阮喻回過頭，看見一個瘦白嬌小的女孩子拎著LV的「便當包」向她招手。有點眼熟，但又不是一眼就能認出的程度，她遲疑道：「不好意思，妳是？」

對方好像有一瞬挫敗，但很快又提起興致上前來：「我是岑思思啊，學姊，妳不記得我啦？」

岑思思？阮喻的大腦急速運轉，愣了一會兒才把那點些微的記憶拼湊完整。

喔，好像是小她三屆的直系學妹。一開始是在聚會上認識的，她作為大四「老人」參加新一屆的迎新會，碰上同系的就多聊了幾句。但之後除了路上偶遇打個招呼，也沒什麼特別的往來了。

岑思思笑得露出一對虎牙：「真的好久沒見了，剛才偷瞄妳半天，還怕認錯人呢！」頓了頓後又說，「沒想到妳畢業後也留在杭市了啊。」

正說到這裡，沈明櫻挑完香水過來了。她大學時跟阮喻不同校，並不認識岑思思，阮喻就介紹了一下雙方。

三人站在走道上，來往行人側身經過，阮喻趕緊讓開。

岑思思似乎也發現這裡不適合說話，說：「阮學姊，這麼巧碰到了，我們去頂樓坐坐？」

阮喻看了沈明櫻一眼。剛才兩人打算挑完香水就回家，沈明櫻已經聯繫男朋友來接了，現在應該快到了。

「那妳們敘舊，我先走了。」沈明櫻當機立斷地說，「這大包小包我幫妳送回公寓去，反正順路。」

她男朋友開車來，阮喻也就沒跟她客氣，轉頭跟岑思思一起去了頂樓的一家甜點店。

雖然阮喻沒覺得兩人有什麼「舊」好「敘」，但擋不住岑思思的熱情，就請她吃了幾份甜點，聊了聊近況。

因為自認不算熟，阮喻的話不多，被問及職業時含糊地答說：「算是自由業。」

岑思思哇了一聲：「難道是作家？」

這個聯想倒也不算突兀，因為兩人都是中文系出身。

阮喻說：「算不上，就是普通寫手。」因為不想被刨根究底問筆名，她說完就掌握主動權，轉移話題，「妳呢，畢業後找了什麼工作？」

岑思思咬著吸管，有點不好意思地說：「我啊，在家裡的公司上班呢。」

阮喻剛想說也挺好的，就聽到手機鈴聲響起來。是劉茂的來電。她怕有要緊事，起身說：「不好意思，接個電話。」

岑思思的目光掠過她螢幕上「劉律師」三個字，點點頭說：「客氣什麼，妳忙。」

阮喻到店門外接通電話，聽見那頭說：『剛剛得到法院消息，案子進展到追加被告這一環了。』

劉茂辦事的效率高，六天前就向法院提交了起訴狀，又申請了調查令。起訴對象最初是微博，法院受理立案後，要求平臺提供侵權人相關資訊。營運方不可能代為承擔責任，必然配合調查。

現在他那邊大概有了寫手蘇澄的身分資訊。

「順利就好，辛苦你了。」阮喻說。

『客氣什麼？我不是來邀功的，是想問妳一個人。不知道是不是巧合，妳可能和被告認識。』

阮喻一愣：「認識？」

『對，我之前聽阮叔叔說，妳是杭大畢業的吧？被告和妳同系，小妳三屆，叫岑思思，有印象嗎？』

阮喻：「……」

這一盆「狗血」真是來得猝不及防。

她下意識把頭偏向甜點店的落地窗。

岑思思正咬著吸管瞅她，見她望來，還朝她笑了笑，唇紅齒白，杏眼亮得彷彿會滴出水來。阮喻回她一個笑，在劉茂問怎麼了的時候，轉過眼說：「……我正在跟她吃甜點呢。」

這下換劉茂愣住了。

她冷靜了一下，把事情經過講了一遍，問：「你的意思是，從網路暴動到今天偶遇，或許不是巧合？」

說到這裡，劉茂還沒答，她自己就先不寒而慄起來，結結實實起了層雞皮疙瘩。

『不排除這種可能。』

「但我不記得在校期間跟她有什麼過節……」

『從好的方面來想，也許只是巧合，但就算不是，妳也別慌。妳先告訴我，她知道妳在跟誰通話嗎？』

阮喻回憶了一下：「可能看見我手機中你的來電名稱了，寫的是劉律師。」

『那妳跟她開誠布公地談。』

阮喻皺了一下眉，她都還沒回過神呢，就要直接上了？

『既然妳們有這層關係在，如果她不知道妳的筆名，那麼我建議私下調解，爭取對妳利益最大化的和解方案，這比對簿公堂更好。訴訟程式太耗時，相比其他官司，維護名譽權尤其宜早不宜遲。但如果她從一開始就居心不良，那麼「劉律師」三個字就足以讓她猜到妳在準備什麼。何況她這兩天本就該接到法院通知，不久後妳們一樣得敞開天窗，現在已經不存在打草驚蛇的問題了……』劉茂細細交代著。

阮喻掛掉電話後，硬著頭皮推門回到修羅場。

最近這些日子，真是越過越玄幻了。她一路回想近年來跟蘇澄之間的種種不對盤，試圖把那些糾葛跟這個直系學妹對應起來，還沒理清楚，就見到岑思思回過頭來，目光盯在她的臉上，問：「學姊妳怎麼啦？臉色這麼難看。」

阮喻乾笑一下，坐下後眼一閉心一橫，開門見山：「學妹，妳是不是在千和有個叫蘇澄的筆名？」

岑思思驚得瞪大眼睛：「學姊妳是神仙嗎？」

她清清嗓子：「我不是神仙，我是溫香。」

岑思思的下巴一下子磕到玻璃杯的杯沿，疼得一雙眼睛直冒淚花，齜牙咧嘴拿手揉半天才緩過來，說：「學姊，妳沒跟我開玩笑吧？」

阮喻沉默了一下，滑開手機，翻到千和頁面給她看。

岑思思傻了眼：「世界太小了！」說完，大概是想起了網路上的腥風血雨，「學姊，那之前微博上……我、我冷靜一下……」

她說完後拿手掌不停地搧風，一張臉憋漲得通紅，過了很久才正襟危坐起來：「學姊，這件事誤會大了，早知道溫香就是妳，我肯定不會發那條長微博……」

阮喻按劉茂的提醒把控場面，占牢上風，說：「為什麼？」

「妳哪可能做抄襲這種事啊！」她看起來比阮喻的粉絲還義憤填膺，只是很快又泄了氣，「學姊，妳是不是告我啦？」

阮喻聽劉茂的話，不避諱，點了點頭。

岑思思癟了癟嘴：「嗯，本來就是我對不起妳……」

「我也不想把事情鬧大，如果妳覺得是誤會，我們也可以考慮和解。」阮喻擠出還算和煦的笑容來。

「真的嗎，學姊？」岑思思長吁一口氣，「那就太好了，這件事要是讓我爸知道，還不罵死我。妳願意原諒我的話，我一定會向妳公開道歉，盡力消除對妳的負面影響，以後再不犯蠢了……妳就算讓我做牛做馬……」

「又不是什麼大事，」阮喻笑著打斷她的豪言壯志，「不過和解的程序我不懂，還得請律師跟妳談。明天週一，妳有時間嗎？」

岑思思面露難色：「公司要開一整天的會，我可能走不開，要不然後天？」

「行。」

「那法院那邊……」

「我可以聯繫他們暫緩程序，妳放心。」

岑思思絞著手指點點頭，低著腦袋不敢看她。

阮喻眼見這麼尷尬也不是辦法，跟她交換了微信和手機號碼，就找藉口回家了。

到公寓，她撥通劉茂的電話，原原本本地講了一遍談話的經過。

劉茂在上一通電話裡教她少說話，多觀察，聽完後就問：『在妳看來，被告說謊了嗎？』

阮喻不想覺得她說謊。因為如果真的是這樣，回頭一看過去幾年，真是越想越可怕，可是……

「說不出來……她的一連串反應，給我一種用力過猛的感覺。」

『我明白了。』劉茂寬慰她說：『沒關係，妳做得很好，剩下的交給我……和許律師就行了。』

一聽到許淮頌的名字，阮喻又想起明早要打的那場仗，問：「現在情況有變，許律師那邊的工作還要繼續嗎？」

劉茂沉吟了一下：『我會跟他說明情況，暫時按原計畫來吧。』

「好吧。」

阮喻嘆口氣，掛了電話身心俱疲，洗完澡早早睡覺，第二天八點就準時陷入被許淮頌支配的恐懼。

因為想著岑思思的事，接通視訊時，她情緒低落，朝鏡頭心不在焉地說：「許律師早。」

許淮頌還在上次那間書房，淡淡地看了眼窗外說：『不早了。』

她立刻意識到自己說了蠢話，乾笑一聲。

許淮頌看看她，拿起手邊資料，語氣不慍不火地說：『資料我看了。』

檔案是阮喻昨天出門前傳給他的。她問：「你看有什麼問題嗎？」

許淮頌剛要答，忽然瞥見微信閃了閃，一看又是許懷詩，原本不打算理，目光一掠卻瞟到她前半句話：哥，那個蘇澄居然……

見到是正事，他只好跟阮喻說等等，然後點開了訊息。

阮喻百無聊賴地聽著他那邊起起伏伏的訊息音，直到一刻鐘後，發現她自己這邊的訊息音跟他的響成同一個頻率。

點開微信一看，見是劉茂把他們拉進了一個群組。

他在群組裡傳圖，連續三張，看小圖是微博私信介面，後面附了一句：兩位，看看這個。

阮喻打開大圖，一下子被氣笑。

這是出自寫詩人的一份聊天紀錄截圖，第一張圖顯示一個自稱是蘇澄的微博分身帳號主動聯繫了她，建議她以侵犯著作權為由起訴溫香，並羅列了一大堆這樣做的好處。

寫詩人暗示自己不信她是蘇澄。蘇澄為了說服她，只好用本尊的帳號傳了封訊息藉以證明。

阮喻一氣之下沒把持住淑女的形象，指著螢幕說：「真是綠茶啊？」

許淮頌的神情明顯僵住。

意識到自己失態，她不自然地撥了撥瀏海：「不好意思，我太激動了。」

但許淮頌卻只是眨了兩下眼，問：「綠茶是？」

他大概不太關心網路流行用語。阮喻輕咳一聲，一本正經地說：「就是喝的綠茶，我朋友剛才傳給我一個團購連結，呵呵……」

許淮頌張張嘴似乎想說什麼，又閉上了，然後打開了搜尋引擎。

阮喻就繼續點開後面兩張截圖看。聊天紀錄是蘇澄的分身帳號和寫詩人的深入交涉。最後，寫詩人說她會聯繫律師，真誠考慮這個建議。但既然這份聊天紀錄到了劉茂的手裡，阮喻想，寫詩人應該是自己的盟友，這句「真誠考慮」大概是唬人的。

她問許淮頌：「是劉律師教她這麼說的？」

許淮頌想說是自己，但不能，於是點點頭：『可能吧。』

劉茂作為委託代理人，跟案件關鍵人物「寫詩人」有所往來並不奇怪，阮喻沒多想，又問：「那接下來怎麼辦？」

『你問劉茂。』他說完就忙著低頭敲字，看都沒看她。

阮喻也沒太在意，回頭在群組裡問劉茂。

過了足足兩分鐘，劉茂才回：生氣的話，把岑思思的微信封鎖了吧。

「……」這種小學生鬧脾氣的做法，出不了氣吧？

她剛想委婉地說，這樣會不會太意氣用事了，就看許淮頌在群組裡說：你小學生嗎？

至坤劉茂：……那你說怎麼辦？

許淮頌：你去協助當事人做網路證據蒐證。

至坤劉茂：……好的，然後呢？

許淮頌：沒你的事了。

阮喻再次感覺到，許淮頌和劉茂的關係好像真的不太好。

為了緩和群組裡劍拔弩張的氣氛，她打字：麻煩劉律師啦！

劉茂連句「不客氣」也不回就消失了。

那邊許淮頌敲敲桌子，拉回她的注意力：『有被告的手機號碼嗎？』

她點點頭：「有。」

『妳會錄音取證嗎？』

阮喻一愣，迅速領會了他的意思。

若要像劉茂說的，馬上跟岑思思鬧翻就太傻了，她應該假裝不知情，向她套話，這樣，除了寫詩人的那份聊天紀錄外，她在開庭時就又多一份輔證。

想通這點，阮喻不禁對許淮頌的聰明才智肅然起敬，覺得他真是比劉茂可靠多了，於是坐直了說：「不太會，你能教我嗎？」

『嗯。』

另一邊的劉茂寂寥地靠著轉椅，看著幾分鐘前，自己跟許淮頌的私訊對話，嘆息了一聲。

許淮頌：等等她會問你接下來怎麼辦，你就說封鎖被告出氣。

至坤劉茂：為什麼？拿出一點律師的專業精神來好嗎？這種時候應該套話取證。

許淮頌：我知道，你按照我說的回答就行了。

阮喻一臉的虛心求教。

許淮頌十指交握，腰背筆挺，看著她陳述要領：『一份有效的電話錄音，首先要引導對方確認身分，電話接通的第一時間就必須把握先機。』

她點點頭問：「然後呢？」

『遞交給法院的錄音不能剪輯，但開庭的時間有限，因此要控制通話長度，在不被對方識破的前提下直切主題。』

也就是說，既然高度懷疑岑思思曾惡意雇用網軍，甚至購買熱搜榜，就要誘使她說出實情。

阮喻皺皺眉頭：「真的有人會傻到親口承認嗎？」

『正常情況下不會，所以這才是難題。』許淮頌說著，瞥了眼她空蕩蕩的手。

阮喻迅速領悟，一把扯過桌上的筆記本和筆，專注地盯著他：「許律師請講，請講。」

半小時後，她的筆記本上已經密密麻麻地記了一片。見許淮頌說完了，她問：「現在就打嗎？」

他搖搖頭：『等中午十二點再打。那時候剛剛結束午餐，大腦供血少，對方思考力降低，相對不容易起疑。』

『可是那時候，我的智商也會變低吧？』

許淮頌愣住，以前怎麼沒發現，她還有點蠢萌……

他抬眼說：『妳不會提前吃飯？』

「……」也對。

阮喻不自然地掩著額，尷尬片刻後想起一件事，突然抬頭。

這一抬頭，就發現許淮頌正盯著螢幕看。

她一下頓住，張嘴想問他怎麼了，卻發現他右手似乎正在滾滑鼠，看起來是在察看什麼檔案，而不是她。

阮喻暗暗發窘，清了清嗓子叫他：『許律師。』

許淮頌點一下頭。

『等等電話錄音，不知道會不會出現我沒辦法處理的突發情況，那個……』她指了一下鏡頭，『你能開著視訊通話嗎？』

阮喻的心態，不過就像患者對醫生的職業信賴，但這缺他不可的樣子，看在許淮頌的眼裡又是另一回事了。他嗯了一聲，偏頭抿了一口咖啡，企圖緩解心底那陣異樣的感受。

阮喻放心了，在心裡默默演練起對話，大半個小時後，聽見許淮頌敲了敲桌子。

『十點半了。』他說。

『那我去做點吃的。』她放下筆記本，指了指螢幕，『把視訊關了？』

『不用，我也要去吃飯。』

阮喻稍稍一愣。舊金山都晚上七點半了吧，他沒吃飯？那剛才還空腹喝咖啡？

在這發愣的間隙，許淮頌已經起身離開座位，阮喻也就不好貿然關掉視訊，扭頭去了廚房，打開冰箱思考做點什麼。但可能是緊張，她一點胃口都沒有，拿了杯優格，往裡頭加了幾杓水果麥片就回到了電腦前。

她想再複習複習對話，反正許淮頌也不在。這麼想著，就對上了螢幕裡的一雙眼睛。

「……」

『……』

許淮頌根本沒走，就坐在電腦前吃義大利麵。

阮喻的眼珠子緩慢地轉了一圈。說好的要去吃飯，怎麼把飯端來電腦前了？難道是想趁她不在，窺探她的隱私嗎？

她這邊一動不動地杵在電腦前，許淮頌卻似乎很淡然，頓了一頓後，一邊優優雅雅地細嚼慢嚥，一邊翻看手邊文件。

原來是邊吃飯邊忙工作。意識到自己再次自作多情了以後，阮喻尷尬地坐下來，一手翻開記事本，一手慢吞吞地攪拌優格。

可等舀起一杓塞進嘴裡的時候，她又頓住了。麥片還沒泡軟，嚼起來會有一些比較清脆的聲音，好像不太適合這個氛圍。畢竟她跟許淮頌在高中時期沒說過幾句話，現在更是談不上熟，這樣面對面地隔著螢幕吃飯，她還喀滋喀滋的，實在不自在……

阮喻痛苦地含著這口優格，一直含到麥片差不多軟了，才一點點嚼下去，然後輕咳一聲，說：「許律師，你好像挺忙的？」

許淮頌正好塞了一口麵到嘴裡，不方便說話，點了一下頭。

阮喻一臉高興：「那你先忙，等時間到了我再聯繫你吧！」

他的義大利麵還沒吞下去，又沒理由搖頭，只好繼續點了一下頭。

阮喻鬆了一大口氣，飛快地關掉視訊。

第四章　世上最長的套路

直到中午十二點十五分，兩人才再次通了視訊。

阮喻握著手機，一直深呼吸。

許淮頌看得出來她很緊張，這樣打過去鐵定會露餡。但取證的機會只有一次，失不再來。

他想了想，問：『做一下眼睛舒緩運動？』

「啊？」

他舉起手邊的稿件，晃了晃：『看起來有用。』

喔，他是在說《好想和你咬耳朵》裡，女主角被男主角牽手的那個晚上，激動得怎麼也睡不著，做了十幾次眼睛舒緩運動才平復心境，順利入眠的事。

但這是經過她美化改編的。

阮喻皮笑肉不笑地說：「小說都是騙人的。」

事實是，她在快天亮的時候清醒過來，心想既然許淮頌說牽錯了，那大概是心有所屬了吧，然後又氣又委屈地罵了他一百遍渣男，才成功睡了回籠覺。

十八歲的女孩子太不講道理了。

許淮頌不知道她心裡的這些歪腦筋，聽到這一句「都是騙人的」，稍稍沉默，垂了垂眼。

倒是阮喻放鬆不少，捏著手機說：「我打嘍？」

他回過神來回應：『嗯。』

阮喻開啟錄音軟體，撥了岑思思的電話，打開擴音。十秒後，電話接通了。

她搶先說：「妳好，我是阮喻，請問是岑思思嗎？」

對方立刻答：『我是，學姊，我存了妳號碼啦！』

身分確認完成。

阮喻瞄了一眼螢幕裡朝她點頭肯定的許淮頌，繼續說：「妳現在方便說話嗎？」

『方便，妳說。』

「是這樣，和解的事，本來打算明天請律師跟妳談，但我想了想，覺得還是應該先跟妳聊聊。」

『嗯？』

「其實前一段時間，有家電影製作公司就版權的改編事宜聯繫過我。」

岑思思低低地啊了一聲，似乎預感到了事情的走向。

「那邊希望我妥善處理這件醜聞，以免波及影視改編。所以這次，我的律師不僅代表我的個人利益，他們要求妳在道歉聲明中，承認自己除了發布具有影射含義的長微博貼文之外，也曾購買熱搜榜，並且煽動網軍攻擊我。」

『我……我沒有啊學姊！』

對話進行到這是個關鍵點，阮喻忐忑的情緒又上來了，抓著手機下意識地看向許淮頌。

他不能出聲，僅僅向她點了一下頭，比嘴形：繼續。

阮喻抿了一下唇：「這聲明確實為難人，但製作公司的意思是和解不了就繼續起訴。」

『可是學姊，我真的不是故意攻擊妳……』

「我知道，畢竟妳當時不曉得溫香是我。我既然打了這通電話，就是想聽聽妳的說法。我們師出同門，但是商人不講情面，我還能不講嗎？」

以白蓮之道還施綠茶之身，這話說得阮喻自己都有點感動。許淮頌寫的八點檔臺詞真是太行雲流水了。

『妳要是顧及情面，製作公司那邊怎麼辦？』

這個問題不在預料範圍內，阮喻一頓，隨即看見螢幕上彈出許淮頌的訊息：『嘆氣。』

她立刻醞釀出一聲嘆息。

那邊岑思思似乎聽出她的為難，打起哀情牌：『學姊，我真沒想到事情會鬧成這樣。當時我只是雇了一小批網軍想試試，誰知道一發不可收拾，一路爬上熱搜榜……妳一定得幫幫我，請製作公司通融一下，不然我就全毀了！』

許淮頌比個到此為止的手勢。

阮喻迅速接道：「行，能幫的我一定幫，我會再跟律師談談。」

掛斷電話，她小心翼翼地按下結束錄音鍵，湊近鏡頭問：「這樣行了嗎？」

許淮頌點了個頭：『把錄音檔給劉律師。』

阮喻鬆了一口氣。

其實套話的原理說起來也不難。正如許淮頌所講，法律規定只有原作者才能指控著作權侵權行為，岑思思本身沒有起訴資格，之所以表面一套，背後一套，只是為了「緩兵」，爭取讓寫詩人先一步起訴成功。

那麼在這種情況下，假設阮喻對和解產生動搖，岑思思為了穩住她，必然會做出自認無傷大雅的、言語上的退讓。情況跟許淮頌預料得一分不差。

緊張過後鬆懈下來，阮喻通體舒暢。原來跟律師一起幹不犯法的壞事，這麼開心嗎？

阮喻心情一好就有點忘形，說：「我的演技是不是可以去演八點檔了？」

許淮頌垂眼敲鍵盤，不知在忙什麼，隨口說：『可以唬弄外行人。』

那他是這方面的內行嗎？

阮喻正在疑惑自己的演技在他面前是不是過不了關，就聽見他的手機響了。許淮頌沒關掉電腦視訊，直接接了電話，說的是中文：『在家。』

阮喻聽不見電話另一頭的聲音，只能聽見他單方面的零碎回答：『不排除是被告實施的報復行為，S．G的高層應該最清楚，被告有能力對炸彈實施電腦遠端操控。』

許淮頌的語氣很平靜，但阮喻卻吃了一驚。似乎是見她被嚇到，他看了她一眼，拿起手機，起身走到窗邊：『這是警察的事……』

阮喻就聽不太清他在說什麼了，等他回來，她沒忍住，問：「發生了什麼事嗎？」

許淮頌搖頭，示意沒有。

她喔一聲，說：「今天謝謝你啊，許律師。」

許淮頌抬了抬眼皮。這是想利用完人就跑的意思？

看他沒反應，阮喻自顧自接下去：「本來要談案子的，不過你那邊太晚了……」

正說到這裡，不知從哪裡冒出「喵嗚」一聲貓叫。

她停下來左右看看。但當然不是她這裡的貓，家裡已經沒有貓了。

她剛畢業時倒是養過一隻，可惜後來病死了，她難過了很久，雖然喜歡，卻不敢再花心思養第二隻。那麼，就是許淮頌那邊的聲音了？

她正疑惑，就看到螢幕裡的人再次離開了座位，走開幾步，再回來，懷裡多了一隻貓。一隻看起來兩三個月大的，古靈精怪的小橘貓。

阮喻的目光一下被吸引住。

許淮頌一邊順著貓毛，一邊瞥她：『妳剛剛說什麼？』

她盯著幼貓掙扎了五秒鐘，腦子都空了，咕嚕吞了一下口水：「我說你那邊太晚了……方便繼續談案子嗎？」

許淮頌點個頭，語氣勉強地說：『還可以吧。』

他坐下來，把橘貓放到一旁，抬頭就見阮喻一邊挪來稿件資料，一邊斜著眼往他手邊瞥。

那隻貓正四腳朝天，翻著肚皮扭來扭去。毛茸茸的尾巴尖掃得他手背發癢，有那麼一點妨礙公務。他把貓抱遠一點，垂眼翻開文件，說：『幾個問題……』說到這裡又頓住。

因為阮喻好像沒在聽，一股勁地盯著桌角，上半身甚至前傾到了六十度，一副要穿透螢幕而來的架勢。但鏡頭就固定在那個角度，再湊近也只能看見一隻貓耳朵而已。

許淮頌低咳一聲。她這才回神，挺直身子：「啊，許律師，你說。」

『第十四章，第三段。』

阮喻翻到對應的段落，發現剛好是一段關於貓的描述，講述女主角途經藝文館，碰見男主角在草叢裡餵食流浪貓的事。

為增加小說的「粉紅泡泡」，她寫這段時，在現實基礎上作了改編，設定男主角原本並不喜歡貓，只是因為女主角喜歡才愛屋及烏。

「我不喜歡貓，我喜歡妳。」這句內心獨白，跟寫詩人那邊一字不差。

針對這處雷同，阮喻苦思冥想，沒找到反駁方向。

看許淮頌完全公事公辦、絲毫不像記得的模樣，她放心地問：「你有什麼想法嗎？」

他點了一下頭：『兩邊有細微差別。妳塑造的人物心理是愛屋及烏，但對方不是。』

「啊？」

阮喻一愣，翻開另一疊文稿，把相關情節讀了兩遍，恍然大悟。

對方筆下的男主角並不是就此喜歡上了貓，而是早早算計到女主角將要路過藝文館，所以刻意演了這一段以博取好感。只是寫詩人把這段描述得非常隱晦，而阮喻又先入為主地產生了既定思維，所以當局者迷了。

說起來，雖然大綱是她原創，但客觀來講，寫詩人這麼一改編，從人設上來講更有張力了。她作好批註，把這點作為反駁依據，然後問：「還有嗎？」

『第三章，第七段。』

阮喻翻回去找到對應段落，看到一段女主角拒絕「爛桃花」的情節。

由於阮爸爸的關係，當年她在許淮頌的班上有那麼點知名度，曾經惹來十班一個男生的追求。

對方是不學無術的那類人，被女同學封了個「道明寺式」霸道總裁的稱號，幼稚的手段層出不窮，有一次在班上單方面宣布她是他的女人。

阮喻不堪其擾，聽說後又氣又急，也做了回母老虎，站在十班教室門外，氣勢洶洶地當眾回絕了他，叫他別再死纏爛打，打擾她念書，最後說：「道明寺了不起啊，我喜歡的是花澤類！」男生當場羞得滿臉通紅，十班的同學哄堂大笑。

這一段看似是支線情節，實則不然。因為在阮喻的設定裡，除了本身性格原因外，男主角就是由於這段插曲，才遲遲沒向女主角告白的。喜歡所以不打擾——這是阮喻替他編造的理由。

她抬頭問：「這裡怎麼了？」

她記得這一段不存在撞眼的問題，寫詩人並沒有寫類似情節，而是在看了她的大綱後另闢蹊徑，由此延伸出——男主角記下了女主角的話，從此以後把自己往花澤類的方向塑造。

許淮頌眨了眨眼說：『不合情理。』

「情理？」

『這個理由不夠有說服力。』

「那他還能因為什麼不告白？」

阮喻脫口而出，問完自己卻先愣住了。這是在做什麼？她跟一個律師討論起怎麼寫小說來了？

許淮頌垂了垂眼，眼底情緒不明，隨手端起一旁的咖啡要喝。但他忘了貓在一旁，拿來杯子的一瞬，小橘貓一爪子伸過來搶食，撞得他手一晃，咖啡灑了牠滿屁股。

貓「嗷嗚」慘叫一聲，阮喻跟著揚聲一句「哎呀」。

原先的低氣壓情緒一下消散無蹤，許淮頌被重疊在一起的兩個聲音震得一愣，還沒做出反應，就聽阮喻問：「咖啡燙不燙？快幫牠擦擦！」

他低頭看了眼自己的手背。他也被灑到了，她看不見嗎？

許淮頌瞥她一眼，說：『不燙。』然後扯了張紙巾抹了一下手背，抓起「喵嗚喵嗚」叫的貓來擦。

阮喻趕緊制止他：「用濕紙巾！乾的太粗糙了！」

他只好又轉頭去找濕紙巾，可擦完以後，貓屁股還是黏糊糊的。眼看牠不肯自己舔乾淨，阮喻問：「牠多大了，能洗澡了嗎？」

『三個多月了吧。』

「那你幫牠洗洗，案子可以等等再說。」

許淮頌暗暗嘆息一聲，抱起貓朝外走，走到一半又回過頭問：『怎麼洗？』

「這不是你的貓？」

他搖頭。

那是誰寄養在他這裡的？阮喻晃了晃神，聽見他又把問題重複了一遍：『怎麼洗？』這要她怎麼說？她想了想：「貓用沐浴精、吸水毛巾、貓毛刷、吹風機，都有嗎？」

許淮頌點點頭。

「那你準備一下，在澡盆或者浴缸洗都行，用三十五到四十度的溫水，注意……」她話沒說完，就看到許淮頌放下貓，朝電腦走過來：『等等。』然後搬起電腦就往浴室走。

鏡頭一下子晃起來。

阮喻在心底啐了一聲，這突如其來的女友視角是怎麼回事？

許淮頌把筆記型電腦放在洗手臺，二話不說轉頭就走，留她在那頭：「哎你……」別走啊！鏡頭正對著他寬敞的淋浴間，太尷尬了吧？

等了半天，許淮頌才抱著貓和一堆用具回來。狹小的空間裡，氣氛突然變得有點微妙，好像這層薄薄的螢幕消失了，兩個人一起身處浴室一樣。

阮喻清了一下嗓子，說：「你先調水溫。」

許淮頌把貓放在一邊，按了幾下淋浴間的調溫鍵，摘下蓮蓬頭試了試水溫。

「等等別用蓮蓬頭，把水放到澡盆，不要淹過貓的脖子。」阮喻看著他蹲在地上的背影，繼續說。

許淮頌一一照做，但貓滿三個月不久，還不習慣洗澡，一入水就要跳出來，一下濺起一濺水，他的襯衫很快就濕了一片。

「左手抓住牠的脖子。」阮喻趕緊說，又補充，「下手別太重。」

『然後呢？』許淮頌提著濕淋淋的右手，回頭問。

「把牠脖子以下的毛髮都潤濕，抹上沐浴精，輕輕揉搓。」

他繼續照做，抹沐浴精的時候，不知是不是手滑，左手鬆了一下。

結果當然又迎來幼貓的掙扎，水嘩啦一下再次濺上他的衣服。

阮喻趕緊別過頭，她都能透過他濕透的白襯衫，隱隱約約看見他的腹肌線條了。

許淮頌瞥了瞥她，又轉回頭，在她看不見的角度彎了彎嘴角，專心幫貓搓澡，等泡沫徹底洗乾淨才說：『好了。』

阮喻回過頭，視線落在他的頭頂：「拿吸水毛巾幫牠擦一擦，開吹風機的時候用熱風，先拿遠點，調最小的風量，別嚇到牠。」

許淮頌站起來，把貓放在洗手檯上，打開吹風機開始吹。

因為角度問題，鏡頭沒有拍到他的臉，只能看到一雙骨節分明的手。

在浴室淡黃色頂燈的映襯下，他輕撫幼貓的畫面像被鍍上了一層柔光，叫人心底軟得一塌糊塗。

阮喻的思緒漸漸飄遠，恍惚間像回到了很久以前，藝文館圓頂大樓後面的那片雨後青草地，也有這樣一隻貓和一雙手。

這一幕，就像電影大師設計的一組長鏡頭。時空的變幻自然而然渲染了觀眾的情緒，時過境遷的感慨與物是人非的遺憾突然被放到很大。

橘貓被伺候得舒服，低嗚了幾聲。阮喻回過神來，發現牠的毛髮乾得差不多了。許淮頌把貓抱了出去，回來後，旁若無人地扯出襯衫，從下往上開始解鈕扣。

阮喻：「？」

三顆鈕扣之後，她反應過來，大聲制止他：「許、許律師！我還在這裡呢！」

許淮頌動作一停，望向螢幕，淡定自若：『喔，忘了。』見她一臉窘迫，又說，『我要洗澡。』

「那你把我搬……不是，把電腦搬出去啊！」

許淮頌的表情顯得有些費解：『妳不會關視訊？』

「……」

說的對。阮喻連句再見也來不及講，飛快地掛斷了視訊，坐在電腦前喝水壓驚。

十五分鐘後，阮喻收到一條微信訊息。

思思：學姊，方便的話，我們現在能見個面嗎？

她盯著手機螢幕，在許淮頌那邊下降的智商直線回升。

突然急著見面，岑思思是知道自己剛才被錄音了吧？

許淮頌也說過，這件事藏不了多久，對方事後一般都能回過神來。但錄音檔已經拿到，也無所謂了。阮喻疲於跟她再打交道，直截了當說：不方便，還是之後法庭見吧。

她傳完訊息直接封鎖了岑思思。

沒過兩分鐘，顯然明白了究竟的岑思思一條訊息飆過來：用這種下流手段，不怕妳的粉絲知道？

阮喻覺得這個邏輯很神奇。真的要捅出真相，岑思思不也等於露出了狐狸尾巴？但也不是沒可能。因為她想起許淮頌剛才的那通電話，似乎提到了一樁被告針對原告的報復事件。被告在面臨巨大的敗訴風險時，可能會產生魚死網破的心態。

阮喻想到這裡，類推之下，在網頁裡輸入許淮頌口中的S．G搜索起來。新的相關報導停留在前陣子的一場出庭資訊上。她沒發現太多被告的資訊，反而注意到了一個名字：Hanson，許淮頌的英文名字。

她整個心思都跑走了，改去搜索這個關鍵字，看到一篇訪談性質的英文報導，上面介紹了他和S．G的淵源。文章說，S．G在三年前曾因侵權事件遭到同行起訴，受醜聞波及，股價暴跌，面臨嚴重的資金危機。當時在加州律師界頗有名望的許爸爸作為S．G的辯護律師，接手了這個案子，卻在開庭前兩天突然腦中風，搶救過來後被診斷為腦血管性痴呆。臨陣換軍師太忌諱，如果因此敗訴，S．G將全面崩盤。可延遲開庭也不行，案子一天不解決，股市的情況就會持續惡化，公司一樣會完蛋。

時間只剩兩天，董事會坐不住了，派代表到醫院，頻頻詢問醫生，許爸爸在短時間內恢復的可能。結果當然是不可能。

最後許淮頌站了出來——那年剛剛念完法律類碩士學位課程，考過CA加州律師公會，入行不久的許淮頌。因為他跟在父親手底下學習，相當於從頭到尾接觸了整個案子。S．G最後死馬當活馬醫選擇了他，沒人抱有太大的希望。但結果是，許淮頌在複雜的案件背景下，爭取到了當庭宣判。

S．G勝訴了，起死回生。

阮喻緩緩滾動著滑鼠，拉到了文章的最後一句話：That's an incredible legend.——那是一個不可思議的傳奇。

也許是說許淮頌，也許是說S．G。

但阮喻只想到，許爸爸後來怎麼樣了？

次日，距抄襲事件發生已時隔十幾天，千和舉報中心針對此次事件作出判定，認定《好想和你咬耳朵》與《她眼睛會笑》的相似比例不足後者的十分之一，不構成過度借鑒。阮喻把這個消息傳到群組裡，告知劉茂與許淮頌。

劉茂說有了這個判定後，訴訟的勝算會更大，獲賠的機率也更多。然而有喜必有憂，阮喻打字：不過論壇和微博大概又開罵了。

十五分鐘後。

至坤劉茂：還真的呢。

軟玉：說了什麼？

網路暴力傷人元氣，她關心輿論，卻又有點不敢看。

劉茂傳了幾張截圖過來。

網友A：撞哏撞成這樣還不算過度借鑒，怎樣才算？

網友B：早猜到這結果了，網站能把自家搖錢樹砍了嗎？

網友C：還真的不能，我一個影視圈的朋友說，寰視看中了這個IP。寰視啊，大電影大製作，吹口氣千萬版權！做人可以不要臉，但不能不要錢！

網友D：不管黑雞白雞，會下蛋的就是好雞。

截圖中快要溢出螢幕的諷刺味道，看得眼睛都痛了。

最後這條大概是劉茂手抖傳出來的，意識到不妥後，他迅速撤回。

下一瞬間，沉默很久的許淮頌來了訊息：『你很閒？』語氣有點凶，阮喻不敢接話。

至坤劉茂：還好……

許淮頌：那就去寫律師聲明。

接下來，阮喻眼前一花，看到了滿螢幕的微博帳號。從許淮頌的手裡傳出來，就像執刑名單一樣。

許淮頌：就是這些帳號。

雖然是公事，她還是有點感動，打字：許律師辛苦了！

沒得到回覆，阮喻就關閉了對話視窗，緊接著聽見了門鈴聲。

是沈明櫻來了。她在辭掉千和的編輯工作後，和男朋友一起經營網路商店，跟阮喻一樣不需要嚴格地遵循朝九晚五的上班時間，所以有空就過來串門子。

阮喻開門就說：「不用安慰我，可能是習慣了，我覺得心情還可以。」

「別自作多情了。」沈明櫻逕自往客廳的沙發走，「我是來八卦岑思思的。」

昨天阮喻在電話裡跟她提過這件事了。畢竟說起岑思思來，那也是沈明櫻的死對頭。

當初阮喻入行寫現代言情小說，看畢業後的沈明櫻沒找到合適的工作，就推薦她到千和應聘古典言情小說編輯，前兩年寫膩了現代言情小說的阮喻轉去挑戰古典言情小說，剛好分配到她的手下。

結果連載期間，兩人的這層現實關係不知怎麼地洩露了，被匿名人士曝光在論壇。那人裝可憐地說編輯公私不分，把好的推薦位置都給了自己的手帕交。

幾經查證，沈明櫻發現這個匿名人士是蘇澄，也就是岑思思。那件事在圈子裡鬧得不小，雖然她真沒假公濟私，但說出來誰信？所以她後來乾脆離職了。

阮喻也遭了很多白眼，又因為害了沈明櫻而內疚，心態受影響，草草地把那篇古典言情小說結了尾。之後再開始寫新文，卻也不斷有人舊事重提，她強迫自己調整情緒，勉強完成新文後就陷入了瓶頸期，整整十一個月毫無靈感。

這也是這回岑思思再次鬧事，兩人堅持起訴的原因。忍一次還不夠嗎？

沈明櫻說：「這麼看來，她當初就知道妳是誰了，妳說妳大學時候到底哪裡惹到人家，讓她這麼多年還死咬著妳不放？」

阮喻嘆氣：「我要是知道，還會這樣被人陰嗎？」

「搶她獎學金了？」

她搖頭。

「搶她推薦名額了？」

她再搖頭。

「那難不成是搶她男人了？」

這回不需要阮喻搖頭，沈明櫻立刻否定：「不可能，妳母胎單身，男人送上門都不要。」她記得，阮喻大四那年曾被大一的學弟窮追不捨，鬧得滿系皆知，但就算這樣兩人也沒在一起。別說學弟長得不夠優秀，人家後來成了明星，一大堆女友粉呢。為此，沈明櫻不止說過一次阮喻眼瞎。

「說起來，那學弟現在怎麼樣了？」

「沒注意。」

沈明櫻的思維從岑思思發散開去，拿出手機搜索起來，「李什麼燦來著？喔，是這個微博吧？」她揚了揚手機，「SC李識燦。」

阮喻遠遠瞟了一眼，點點頭。這一眼，腦海裡卻電光石火似的閃過什麼東西。

「SC」？這字母縮寫怎麼好像有點眼熟？

「喲，剛好在直播呢。」

沈明櫻點進李識燦的直播間，一個微帶沙啞的聲音傳了出來：『好吧，這次算我輸了，那就大冒險。來，剛才那個「我愛吃兔兔」，你說。』

「大明星這麼親民，開直播跟粉絲玩真心話大冒險？」沈明櫻拆了包話梅，一邊津津有味地吃著，一邊自言自語。

阮喻沒搭話，自顧自地刷微博，沉浸在網路暴力的世界裡，氣上頭了，就把幾個博主帳號複製到小本本，傳到群裡：許律師，我可以追加幾個名單嗎？

許淮頌：隨妳。

得到肯定後，阮喻鬥志昂揚，繼續專心致志地「抓人」。

李識燦的聲音再次從沈明櫻的手機裡傳來：『撥通手機通訊錄裡第七個聯絡人的號碼，對目標說出「後天早上老地方見」八個字？哇，這麼狠……』

「當明星也不容易啊！」沈明櫻又發出老母親式的感慨，話音剛落不久，卻聽到阮喻的手機響了起來。

婉轉的鋼琴曲和直播間一聲又一聲的「嘟——」重疊在一起。

沈明櫻一呆，還沒反應過來，就見她接通了電話：「喂，你好。」

直播間也傳出一句『喂，你好。』

沈明櫻激動地跳了起來。

阮喻剛才看手機螢幕上的號碼雖然不認識，但還是接了起來。這下隱隱回過神來，僵硬地扭頭看向沈明櫻，無聲地比了比自己：我？

沈明櫻滿臉震驚，點點頭，趕緊將手機插上耳機。

阮喻愣了足足有五秒鐘，才被話筒裡的聲音拉回魂：『學姊嗎？我是識燦。』

她穩了穩心神，說：「是我……」

他似乎笑了笑：『妳別緊張啊，我閒著沒事，來問問妳的近況。』

十幾萬人聽著這通電話，阮喻能不緊張嗎？

她注視著沈明櫻，手心都溢出汗來，接話：「近況啊，我滿好的啊。」

『那妳還住在原本那裡嗎？』

阮喻剛才也聽了一些直播的內容，猜測李識燦這是在引導話題。為了趕緊結束通話，她答：「在。」

『我想來找妳敘敘舊，我們後天早上老地方見？』

阮喻稍稍沉默，想到這麼多人聽著，還是決定配合一下：「好……」

『那回頭見啊，拜。』

「拜拜。」

阮喻掛掉電話後，沈明櫻驚聲尖叫：「這什麼情況？他怎麼還留著妳的號碼呢？」

阮喻喘了口氣，說：「妳問我，我問誰啊？」

沈明櫻繼續低頭看直播。

整個螢幕密密麻麻的彈幕。

粉絲A：嗚哇，怎麼是個聲音這麼好聽的女生！

粉絲B：燦燦，你們不可以老地方見喔！

粉絲C：剛才是誰出的題，出來我們好好聊聊！

螢幕裡的李識燦笑了起來：『你們就會給我惹麻煩，等等直播結束，提醒我去賠個不是，要不然等等放了人家鴿子就過分了。』

三兩句話就迂迴澄清，表示自己並不會去赴約，哄好了十幾萬粉絲。

「嘖，真會說話，當初怎麼就沒能把妳哄到手呢？」沈明櫻跟阮喻感慨了一句，轉眼卻看見她眉頭深鎖地抓著手機，不知在看什麼，「怎麼了？還看人罵妳嗎？別自找苦吃了好吧？」

阮喻搖搖頭，示意不是在看那個，說：「我在看李識燦的自我介紹。」她說完，眉頭皺得更緊，「ＳＣ，這個縮寫真的很眼熟啊，在哪裡看過？」

沈明櫻愣愣地眨了眨眼：「ＳＣ？噯，那不是蘇澄嗎？」

阮喻驀然抬頭。

識燦是ＳＣ，蘇澄也是ＳＣ？

千和的匿名論壇內，為了避免直接提及作者的筆名，常常會使用縮寫。譬如「ＳＣ」就曾被人拿來指代岑思思的筆名——蘇澄。

所以阮喻才會覺得這兩個字母眼熟。岑思思的筆名和李識燦的縮寫一樣，她不確定這是不是巧合。但她已經跟前者撕破臉，也不適合主動聯繫後者。這兩人的關係，一時間無從考證。

沈明櫻倒吸一口冷氣：「難不成這兩人有問題？妳看，岑思思的心眼是髒，可段數並不高，就憑她，能在微博上鬧出那麼大的事情嗎？而且，她不是說當時自己只雇了一小部分網軍，不知怎麼就上了熱搜榜嗎？妳說，她會不會只是個擋箭牌，其實李識燦才是幕後黑手，因愛生恨報復妳呢？」

「……」

這想像力也是很豐富。

阮喻哭笑不得，正好手心一震，微信接收到了新訊息，就低下頭去看。

是劉茂傳了律師聲明來，連同法院受理案件的通知書一起。

阮喻仔細地看了一遍，在他的指導下重整好文字，正要把圖片版傳到微博上，手機又是一振。

群組裡，許淮頌說：力道不夠。

接著他就畫了幾個紅圈進行修正。

阮喻看不太懂專業術語，大致感覺了一下，許淮頌的意思大概就是「這裡改掉，那裡改掉，統統改掉」的意思。

劉茂可能是忍不住了，說：雞蛋裡挑骨頭，就不能給我一點面子嗎？

許淮頌：聲明機會只有一次，如果不能一針見血，就等於一敗塗地。是當事人的權益重要，還是你的面子重要？

阮喻咽了一口口水，默默看著群組。

至坤劉茂：你行你來。

許淮頌：自己選。@至坤劉茂。

許淮頌撤回了一條訊息。

許淮頌：自己選。@軟玉

阮喻：「……」

都氣到標錯人了嗎？

惹不起。她打字：那麻煩許律師把修改後的版本傳給我。@許淮頌

然後轉頭悄悄跟劉茂私聊：劉律師，我看他好像生氣了，你別在意。

傳完後，她癟癟嘴，鄙夷了一下自己。

做一棵兩面倒、維護世界和平的牆頭草好難啊。但說實話，許淮頌這次真不是刻意針對劉茂，因為許淮頌的筆觸確實更鋒利，也更言之鑿鑿。

文章一貼出，幾個被點名的帳號面對可能遭到起訴的後果，馬上就熄了火，悄悄刪掉了

相關言論，殺雞儆猴的效果也達到了。不過幾個小時，岑思思的其他友軍也齊齊噤若寒蟬。

阮喻原本以為，這位學妹或許會打算奮戰到底做個垂死掙扎，再放一堆網軍罵她這次的起訴是惡人先告狀。但奇怪的是，微博上竟然一片和諧。那些曾經致力於潑她髒水的人，這回跟被毒啞了似的。

次日一早，一位在原創圈名望挺高的知識型帳號，把整個事件按時間線梳理了一遍，發布了一張對阮喻這邊有利的長圖。這張長圖像之前岑思思汙蔑她的長微博一樣迅速傳播。大批人開始向阮喻道歉，還有一波線民字字珠璣地指責之前帶風向的幾個帳號。

支持阮喻的讀者得到了喘息，經由這波有紀律的線民帶領，很快占據了輿論的制高點。

從那張長圖起，好像全世界都同情起了阮喻。她的微博粉絲數急速上漲，直逼三十萬大關。阮喻傻眼，這律師聲明的效果怎麼這麼厲害？

到了深夜，事態再度升級——岑思思被人肉搜了，被指是溫香在現實世界中的某學妹，因為現實糾紛才在網路平臺處處針對她。網路上一片驚呼，眾人的視線很快從抄襲事件，轉移到了八卦味十足的「現實糾紛」上。

網友Ａ：我就說，之前寫詩人都澄清，也道歉了，蘇澄這個旁觀者怎麼還那麼奮力地潑溫香髒水，原來是現實生活中的糾紛。

網友Ｂ：越想越可怕。

網友C：她哪個學校的，求人肉！

網友D：某些鍵盤俠住海邊的？之前爆「溫香」，現在人肉「蘇澄」，人家哪個學校關你什麼事？

事態的發展超過了阮喻的想像。她越往下翻，眉頭皺得越厲害。

直到看到一條評論：別被人利用了，從長圖到肉搜，看不出這波操作是專業公關團隊弄的嗎？溫香的背後有人指點呢！

她一愣，想要點進這條評論細看一下，一更新卻發現它不見了。

她繼續往下翻，又看到一條：風向變得這麼快，沒人覺得有問題嗎？

這次她眼明手快地點進去了，卻還是看到「該評論已被刪除」的字樣。

這些不利於她的言論都在轉瞬間消失無蹤。一次可能是巧合，兩次就說不過去了。

仔細想一想這次的反轉事件，雖然是由她這邊的聲明和受理案件通知書起了個頭，可後續發展怎麼看都像是有組織的。

一開始，那位知識型帳號的長圖還算公允，之後的網友爆料卻實在過頭了。如果阮喻打算走這種歪門邪道打擊岑思思，當初又何必選擇起訴？

這背後擅作主張的人到底是誰？

她拿起手機，想跟劉茂打聽打聽，一看時間「00：07」，又退出了撥號介面，改傳訊息：劉律師，麻煩方便的時候回個電話給我。

阮喻打個哈欠睡下。等被手機鈴聲驚醒，已經是第二天一早。

一看是劉茂的來電，她立刻驚醒接通：「劉律師，你看微博了嗎？」

『看了。』

阮喻還沒徹底清醒，所以說話直了點：「這件事是律師事務所做的嗎？」

『啊？』劉茂似乎有點驚訝，『不是。』

「那會是誰？」

劉茂的語氣聽起來也很困惑：『不清楚，但這種以其人之道還治其人之身的做法，不是我們解決問題的方式。』

他口中的「我們」是指律師。

阮喻恢復了思考力，意識到自己的揣測對他的職業不太尊重。

她歉疚道：「不好意思，我剛才沒睡醒，急了點。」

『沒關係，可以理解。妳先休息一會兒，我再去了解了解情況。』

阮喻哪還能睡著。

在被鈴聲叫醒之前，她就在作惡夢，夢見岑思思在掐她的脖子。

不可否認，哪怕她沒有主導微博上的動作，卻在這件事上是實實在在的直接受益者。所以岑思思一定會以為是她做的，說不定接下去還要繼續冤冤相報。

阮喻頭疼地抓了抓頭髮，打開微博，發現岑思思的首頁沒有更新，像是暴風雨前的平靜。

她起來洗漱，吃早飯，洗衣服，但做什麼都心不在焉，衣服還沒曬又摸出了手機，點開了許淮頌的微信對話視窗。

她的小劇場轉得自己頭昏腦脹，但剛在劉茂那邊情急說錯了話，現在也不好意思找他，只能問問許淮頌。看他那天處理被告報復性事件時遊刃有餘的樣子，叫他出出主意吧。

她猶豫一下，傳了訊息：許律師，你現在有空嗎？

五分鐘沒得到回覆。

阮喻把手機放進口袋，回頭看了一眼待曬的一盆衣服，把它端到陽臺。剛拿起晾衣竿，口袋裡就一連傳來兩聲振動。

一連兩聲似乎不像許淮頌的風格？她拿起手機，果然。

10086：停話提醒：親愛的客戶，您好……

10086：停話提醒：親愛的客戶，您好……

欠費停話了，但是Wi-Fi通暢，不影響接收微信訊息，她暫時沒管，繼續晾衣服，等到晾完，才聽見手機再次振動起來。

這回是許淮頌：沒空打字。

「沒空打字」和「沒空」的區別是什麼？

那就是下一秒，阮喻接到了他的語音通話邀請。

「……」

她接起來，還沒「喂」上一句，就先聽見他那頭紛雜的人聲，男男女女的聲音此起彼伏，都是英文，聽起來像在激烈地討論著什麼。

她馬上接：「許律師，我沒什麼大事，你忙的話……」

下一瞬，彷彿世界靜止。

話筒裡的聲音消失得一乾二淨。

阮喻奇怪地看了一眼手機螢幕。收訊不好？

電話那一頭，會議室裡七八個人張著話說到一半的嘴，看著作出「stop」手勢的許淮頌，流露出疑惑的眼神。

許淮頌沒出聲，站起來在身後的白板上寫下一行：「urgent call.」——緊急電話。

眾人紛紛閉上了嘴巴。

『妳說。』他不疾不徐的聲音，透過話筒傳到了阮喻的耳朵裡。

喔，沒斷啊。

阮喻手扶著窗臺，斟酌了一下：「是這樣的，許律師，被告之前跟我在商場碰過一次面，我不確定那是偶然還是故意。如果是故意的，我擔心我個人資訊的洩露程度可能比想像中的更嚴重。另外，前兩天電話錄音過後，被告還傳了一條類似威脅的簡訊給我……」

因為腦補了一圈可怕的事，她的表達不那麼清晰，聽起來也沒個重點。

但這並不妨礙許淮頌理解：『妳擔心被告威脅妳的人身安全？』

「嗯……」

阮喻乾笑一聲，聽他這冷淡的語氣，好像下一句就會質疑——妳有被害妄想症嗎？

於是不等他再說，她就立刻接：「當然，應該是我想……」

「多」字還沒出口，她忽然頓住，目光定格在公寓樓下的一輛白色箱型車上。

車子被兩棵枝葉茂盛的大樹擋住了大半，看不見擋風玻璃和車牌，隱隱可見車身上沾了很多汙泥，側車窗還貼了隔熱紙。怎麼這麼像電視劇裡綁匪專用的車子……

阮喻沒了聲音，許淮頌問：『怎麼了？』

因為沉浸在恐慌裡，她沒發現，許淮頌的語氣聽起來有點緊張。

她一下子矮身蹲下，把自己藏起來，結結巴巴說：「我……我家樓下停了一輛箱型車，剛才洗衣服的時候還沒看見……」

『什麼樣的車？』

阮喻大腦一片空白：「就……就那種很適合綁人的！」

『妳冷靜點。』許淮頌當然比她要鎮定得多，正想叫她描述得客觀、清楚一些，卻突然聽見一聲「叮咚」。

與此同時，阮喻吸了一口氣，聲音聽起來快哭了：「我家門鈴響了，怎麼辦……」

阮喻像顆蘑菇蹲在陽臺的角落，驚魂不定地抓著手機。

那頭的許淮頌說：『這種情況一般不會是妳想像的不法分子，就算是，也不可能直接硬闖。妳現在要做的有兩件事，第一，把住址和社區警衛室的電話給我；第二，拿著手機去確認門外的人是誰。』

他的指令下得迅速而清晰，阮喻慌慌張張地照做，把資訊都傳給許淮頌後站起來，聽見門鈴再次響起，這回一連響了兩下。

許淮頌也聽見了，說：『不要出聲，如果看見可疑人士，但對方還沒動作，那麼先別反鎖門，退到離門遠一點的位置，打開擴音，大聲叫我的名字，說妳在洗衣服，讓我去開門，明白嗎？』

他把一連串的話刻意拆分成了簡單的短句，以便阮喻在腦子一團混亂的情況下也能聽進去，『如果對話結束，對方依然沒有離開，把門反鎖，立刻報警。』

阮喻點點頭，也忘了許淮頌看不見，彎著腰，輕手輕腳地穿過客廳，小心翼翼地貼上門上的貓眼，死死憋住喉嚨底的那口冷氣。

門外站著一個高瘦的男人，戴著黑色口罩和鴨舌帽，衣服也是黑壓壓的一身，正低頭撥著手機號碼，看起來好像打算叫同夥上來。

第五章　醉漢切勿來偷襲

阮喻膽戰心驚，正要屏息退到離門遠一點的位置，掌心的手機卻突然猛烈振動起來。

一個陌生號碼的來電。

跟許淮頌的語音通話被迫中斷。而這一陣響聲，很可能也被門外的人聽到了。她暴露了自己的存在。

阮喻瞬間大腦缺氧，下一刻卻聽見門口傳來一個男聲：『學姊妳在家啊？』

「……」

這個聲音是？

李識燦？

她愣了一下，又聽見對方笑起來，聲音不高，卻因為嗓音特別，格外具有穿透力：『幫我開個門，我怕在外面站久了被人拍到。』

阮喻這下徹底確定了他的身分，上前拉開門，訝異道：「你怎麼來了？」

李識燦眨了兩下眼，有點無辜：「前天不是約了老地方敘舊嗎？我到樓下聯繫妳，發現妳手機停話了，剛用支付寶幫妳繳了電話費才打通。」

喔，如果非說兩人之間有個什麼「老地方」，還真的就是這間公寓樓下了。

阮喻在大四下半學期時很少住校，李識燦在學校碰不到她，就會時不時來這裡，也不做什麼，就是買一杯她喜歡喝的奶茶放進樓下的牛奶箱，不管她收不收，都傳一封訊息說：『老地方拿奶茶。』

但她還是莫名其妙：「你不是因為直播才打電話給我的嗎？」

「妳知道我在直播？」

見李識燦的眼底閃過一絲錯愕，阮喻啞然。

她原本就是配合他做個遊戲，又聽他在直播時明確表明了自己不會赴約，所以她壓根沒把這個約定放在心上。

李識燦扯扯嘴角，咕噥道：「也是，要不然妳怎麼會答應見我呢。」

阮喻一時沒接上話，只好乾笑。

他卻好像一點也不尷尬：「那我來都來了，妳不請我進去坐坐？」不等她開口，又生怕被拒絕似的接上，「我從滬市推了工作來的，想跟妳說岑思思的事。」

驚訝沖淡了一部分多年不聯絡的生疏，阮喻脫口而出：「你們認識？你怎麼知道這件事？」說完，讓開一步請他進來。

李識燦反手關門，邊摘口罩和帽子，邊說：「有冰水嗎？讓我喝口水再說吧，學姊。」

家裡突然來個大男人，還是個明星，阮喻有點不自在地喔了一聲，放下手機，回頭去拿冰水給他。

李識燦的目光往玄關地板上的拖鞋掃了一圈。

阮喻從廚房回來，看他杵在那邊一動不動，邊遞上水杯邊說：「不好意思，我這裡沒男式拖鞋，你直接進來吧。」

「妳還沒男朋友嗎？」李識燦嘀咕一句。

聽這熟稔的語氣，好像兩人昨天才見過面一樣。

阮喻避而不答，請他進到客廳，想緩解這個問題所帶來的奇怪氣氛，於是開了個話題：「樓下那輛車是你的？」

李識燦一口冰水下喉，點點頭：「看起來不帥啊？滬市在下雨，車都髒了。」

難怪。

阮喻拍了拍額頭，這一拍上去，卻突然覺得好像忘了什麼事沒做。與此同時，她放在茶几上的電腦響了起來——微信接到一通視訊電話。

她想起來了，是許淮頌。她把許淮頌忘記了！

她臉色一變，沒來得及管李識燦，連忙接通視訊。螢幕亮起的一瞬，她趕在許淮頌開口前慌忙地說：「對不起，對不起許律師……我忘記跟你報平安了！」

許淮頌眼底的焦慮剎那間消散，彷彿滔天駭浪急速平息。因為他對上了阮喻斜後方，李識燦的眼睛。四目相接，隔著螢幕製造了一場「冰天雪地」。

倒是李識燦先緩了臉色，朝螢幕裡的人晃了晃手裡的水杯，點頭致意：「你好。」隨這一晃，冰塊敲在玻璃杯壁，發出叮鈴噹啷的響聲，原本悅耳的聲音，此刻卻顯得異常刺耳。

許淮頌沒說話，朝他略一點頭，然後瞥向阮喻：『用不著跟我報平安，跟警察報吧。』說完就掛斷了視訊。

阮喻看著驟然靜默下來的電腦螢幕，愣了愣。李識燦也摸不著頭腦，湊上前問：「什麼警察？」他話音剛落，門鈴就響了起來。

阮喻明白過來，小跑過去開門，果然看見兩位身穿制服的警察站在門口，其中一個還配了槍。這速度真快。

配槍的那位率先開口：「請問是阮喻，阮小姐嗎？」

阮喻點點頭：「我是。」

「我們接到報案……」

「對不起啊警察先生。」為了避免被李識燦聽到尷尬，阮喻匆忙打斷他，「是我朋友誤會，所以他才報了警，我這裡沒事……」

但瞞是瞞不住的了。

李識燦恰好在這時候走出來，剛要開口就接到一個電話，那頭傳來一個聲音，是他這次的司機：『燦哥，我在樓下被警察抓了！你快下來救我啊！』

「……」

阮喻和李識燦被帶去附近的警局。

原本這件事能當場解釋明白，不一定要走這一趟，但李識燦的身分證剛好不在身邊，配槍的方姓警官為人耿直，不接受明星特殊處理，非要把人帶到警局做筆錄，還跟報警人電話聯繫，確認了情況。

阮喻頭一回見識這場面，銷完案走出警局後身心俱疲，以後大概再也不會瞎腦補那些有的沒的了。

這時候已經是大中午，李識燦因為工作安排，原本預計在杭市待兩個小時就回滬市，這下時間全耗在了警局，只好匆匆離開。不過阮喻剛一回到家，就接到了他的電話。

他開門見山道：『學姊，其實我這次主要是來跟妳道歉的。岑思思是我爸在生意場上一位朋友的女兒，當年到杭大讀書，就是衝著我來的。她對我從高中開始就有意思了，可能要怪我沒處理好這件事。』

就這麼短短幾句話，阮喻已經明白了。

岑思思這是把她當成情敵嫉妒了！也就是說，她筆名的縮寫，也是出於對李識燦的愛慕了。

但她還有疑問：「那她怎麼會知道我的筆名？還有你也是。」

李識燦咳了一聲，語氣有點心虛：『妳記不記得，我大一的時候幫妳修過一次電腦……』

「喔……」

電腦裡總是有蛛絲馬跡的。她那時候剛開始嘗試寫小說，也沒太防備什麼。

李識燦繼續說：『至於她……我有個微博分身帳號，只關注了妳的工作帳號，她當初不知怎麼地發現了，跟偵探一樣。不過我也是前幾天才知道這件事，不然我早就處理掉她了。』

阮喻聽見「處理」兩字，突然敏感了起來：「這兩天微博上的那些事，是你的公關團隊做的？」

李識燦沉默了片刻，說：『也不全是。』

「不全是？」

那還有誰？

李識燦沒做正面答覆，含糊了過去：『總之，我給妳惹的麻煩，我清理乾淨。現在謠言已經控制住了，妳專心打官司，其他的交給我。』

阮喻吸了口氣剛要講話，他就像是她肚子裡蛔蟲似的，說：『我知道，我有分寸。只要她沒繼續行動，輿論就會到此為止。』

不管岑思思原本還盤算了什麼，在法院、律師及李識燦公關團隊的輿論控制下，阮喻沒再遭受到負面影響。

三天後，事件冷卻下來，阮喻基本上得以回歸正常生活。微博上有人發出對她的鼓勵，希望她調整好心態，繼續創作，把《好想和你咬耳朵》寫下去。

早在抄襲事件爆發的第二天，她就停止了小說連載，如今雨過天晴，不少讀者都在遺憾這個未完成的故事，但阮喻卻躊躇起來。

得知岑思思針對她的真實原因後，其實網路暴力的事她已經看開了。但現在的問題在於，她的心態還沒有好到可以在男主角的眼皮底下高甜度意淫。不過說起這個男主角，自從那天烏龍事件過後，他們就沒再聯繫過了。準確地說，是她的道歉沒得到回覆，微信對話視窗只有她孤零零的自言自語。

三條訊息，一天一條。

第一條：許律師，今天的事真是對不起，讓你白操心了。

第二條：許律師，你現在有空談案子嗎？

第三條：許律師，我把修改好的對照表寄到你的信箱了，你有時間查收一下。

今天已經是第四天。

阮喻嘆口氣，覺得這件事也不能怪許淮頌，任誰被這麼白白戲弄一場，也會不高興的。再說，他本來就是個大忙人。所以這天中午，她堅持不懈地傳出了第四條訊息：許律師，你看過檔案了嗎？什麼時候能跟我談談？

意料之外地，她得到了他的回覆：十分鐘後。

軟玉：那我去開電腦。

許淮頌：不用，下樓。

下樓？他回國了？

阮喻打出個：啊？

許淮頌：十分鐘後，妳家樓下。

阮喻瞬間跳起。

十分鐘，又是十分鐘，怎麼每次都這麼刺激？

她手忙腳亂地奔到衣櫥前，重複一遍緊急措施，在第九分鐘抱著一疊資料跑出家門，衝進電梯，扶著膝蓋喘氣。

她剛邁出大樓，原本還想再緩緩，就遠遠看見一輛 Jaguar 停在路旁，於是拔腿就小跑起來。就為了一個烏龍事件，金貴的許律師整整三天沒回她一個標點符號，她哪敢讓這尊大佛多等一分鐘。

奔到車前，阮喻的臉頰已經染上一層淡淡的紅暈。透過擋風玻璃，她發現司機是上次在律師事務所接待她的小夥子，陳暉。許淮頌坐在後座，搖下車窗後掃了她一眼。

她站在車窗旁，微微彎身，氣喘吁吁地跟他打招呼：「許律師……」

許淮頌一努下巴，示意她上車。

看他坐在後面，阮喻選擇了副駕駛座。

許淮頌的目光冷了一下來，淡淡地說：「去事務所。」

關上車門，氣氛安靜得詭異，阮喻心底好奇，忍了忍沒忍住，扭頭問：「許律師，你怎麼會來這裡？」

「機場到事務所，經過。」

喔，這麼說，他是因為收到她的訊息才特地繞過來一趟。

阮喻笑一笑：「麻煩你了。」

話音剛落，正要發動車子的陳暉卻突然接到電話，沒講幾句，神情就凝重起來。他回過頭說：「頌哥，張姊在工地處理案子，臨時出了點問題。」

許淮頌沉默了片刻，點一下頭：「等等把我的行李送到飯店。」說完就開了車門，長腿一伸下了車。

阮喻還沒反應過來，就看他繞到了副駕駛門邊，透過半開的窗子俯視著她問：「妳要去工地？」說完就拉開了她這邊的車門把手。

阮喻連喔了兩聲，這才明白陳暉不能送他們了，趕緊下車，同時暗暗咒罵著跟許淮頌溝通好累。多解釋一句是會死嗎？

車門被關上，陳暉一踩油門，車子就跑遠了。

正當晌午，驕陽似火，杭市這兩天熱得反常，車內外冰火兩重天。阮喻一手抱文件，一手覆在額前擋太陽，仰頭看向許淮頌：「那叫計程車？」

許淮頌大概也覺得太熱了，懶得來回折騰，皺皺眉說：「不了。」然後看了眼她身後的公寓。阮喻這次反應很快，迅速領會：「去我家談嗎？」

許淮頌沒說好不好，只說：「不方便就下次，我回飯……」

「方便方便！」她立刻打斷他。

五分鐘後，在前面慢吞吞開著門鎖的阮喻很想搧自己一耳光。

就因為身後那人生了幾天氣，她都諂媚成什麼樣了？她方便個鬼啊！

沒記錯的話，她剛才翻箱倒櫃地急著整理自己，現在客廳沙發上應該鋪滿了衣服。而且，可能什麼衣服都有。

不行。

門鎖啪嗒一下開啟的瞬間，阮喻一個轉身，雙手揹在身後按住門，仰頭望著許淮頌說：「那個……你能不能在這裡等一下？」

他垂眼看看她，點點頭。

阮喻打開一道門縫鑽進去，再把它虛掩上，到客廳一陣狂風掃落葉。

許淮頌靜靜站著，也沒四處張望，直到三分鐘後，眼前的門再次打開，一顆腦袋從一道縫裡探出來：「……好了。」

阮喻把人請進來，只見他進門後往玄關地板上掃了一圈，跟之前李識燦的反應一模一樣。她只得又解釋一遍自己這裡沒男式拖鞋，叫他直接進來。

兩人到了客廳，一路無話，阮喻覺得這情境比明星突然造訪還讓人緊張，之前通過視訊跟許淮頌累積的那些熟悉感好像統統消失了，一切都回到了原點，跟網友見面似的。

她想在兩人的隔閡之間找個切入點緩和一下氣氛，於是沒話找話地指著客廳的一張書桌說：「我之前就在那邊跟你視訊。」

說完，附上國際友人會晤式的尷尬笑容。

許淮頌卻沒看書桌，目光緩緩移過後面幾組米色沙發，在李識燦坐過的那塊一頓。他嗯了一聲，走上前的時候避開了那塊地方，換了另一邊坐下。

阮喻沒在意這些細節，問他要不要喝水。

「咖啡吧。」

「即溶的行嗎？」

「嗯。」

阮喻順手打開客廳裡的直立式冷氣，然後去廚房煮水、泡咖啡，回來後發現許淮頌摘了眼鏡，正仰靠著沙發閉目養神，看起來很疲憊。

她把咖啡杯輕輕放下，看了一眼時間。這裡的下午一點，也就是舊金山晚上十點。許淮頌一連坐了十幾個小時的飛機和幾個鐘頭的車，現在一定很累。

阮喻拍了拍額頭。剛才只考慮到不能讓這尊大佛白跑一趟，現在一算，她應該放他去飯店睡覺才對。念頭一轉，她就沒出聲，輕手輕腳地把書桌上的筆記型電腦搬到了茶几，坐在他對面的沙發上看起資料來。

讀一會兒資料，抬頭看一眼他。幾次過後，她確認到他呼吸平穩，真的已經睡著了。

所以，現在怎麼辦？

阮喻張了張嘴，「許」都滑到嘴邊了，硬是又咽了回去。直到手邊溫熱的咖啡徹底變涼，她也沒去叫醒他。

電腦突然響起一聲提示音，接收到了一條微信訊息。阮喻趕緊按下靜音鍵，抬頭看許淮頌沒反應後，才點開對話視窗。

瑤姊：小溫啊，反抄襲對照表準備好了吧？

這個瑤姊是之前抄襲事件剛爆發時，幫阮喻製作反抄襲對照表的圈內好友，後來工作轉移到許淮頌這裡，她那邊就停了。

阮喻用最小的力度敲鍵盤，慢慢打出：還差一點，謝謝瑤姊關心。

瑤姊：這麼多天了還沒做完？妳小心一點，那個律師是不是故意拖慢妳的進度？

阮喻抬頭看了看一動不動的許淮頌，立刻答：不會的。

瑤姊：如果不是故意拖延，那就是專業度不夠，妳可要找對人啊。

當事人就在離她不到兩公尺的地方，阮喻怕許淮頌看見這些話，趕緊回：他很專業的，就是比較忙，放心吧瑤姊。

傳出這條訊息後，阮喻發現對面的人稍稍動了一下，改了個抱胸的姿勢。

她站起來，躡手躡腳地走到直立式冷氣前，調整了一下扇葉的角度，確保冷風不會直吹他，剛一回頭，就聽見一陣微信語音通話的鈴聲。

是許淮頌的。

他被吵醒，睜開眼的第一秒，先看了看站在冷氣邊的她，然後才拿起手機接通：「嗯。」

「剛才睡著了。」

「沒吃。」

「嗯。」

短短四句話就掛斷了通話。阮喻拼湊了一下這段對話的意思，上前說：「你還沒吃飯嗎？」

許淮頌理了理皺巴巴的襯衫，坐直身子，點點頭。

「那要不要先去吃點？」

「太熱。」許淮頌看了一眼窗外火辣的日頭，搖搖頭。

「你吃外賣嗎？」

外賣不一定衛生，她覺得許淮頌未必會吃。

果然，他又搖了搖頭。

不知道就算了，可是知道他餓著肚子，還叫他跟自己談案子，豈不是泯滅人性？

阮喻想了想，一指廚房：「我家有吃的，你看看有沒有能吃的？」

這回許淮頌點了點頭，但大概是剛睡完一覺不太清醒，站起來的時候撞到了茶几上的一疊文件。

文件滑過一段桌面又碰上咖啡杯，杯子落到地上，啪的一聲，碎成了幾片，咖啡四濺。

阮喻一愣。

許淮頌捏捏眉心。他趕著處理案子，三天就睡了十個小時，是真的有點昏。

阮喻趕緊搖手：「沒關係的，我等等來收拾一下就行。」

她把他領到廚房，打開冰箱給他看，說：「湊湊食材，能做三明治，或者義大利麵。」

她特意挑了西式的食物，但許淮頌的眼光卻落在別處，說：「這個吧。」指的是一塊年糕。原來他也不是完全被西化了。

阮喻問：「要怎麼吃？」

「炸。」

她點點頭，彎腰把年糕拿出來：「那你去客廳坐一會兒。」

許淮頌走了出去。

阮喻穿上圍裙在廚房忙了起來，臨要切年糕又猶豫了一下。這是水磨年糕，其實並不適合拿來炸，但她卻突然明白許淮頌為什麼想吃炸年糕了。

因為蘇市特產裡，有一種豬油年糕，通常是拿來炸的。他可能是想家了。

而她這裡剛好有之前媽媽送來的豬油年糕。人家睏到靠著沙發秒睡，她怎麼也得招待得周到一些吧？這麼想著，她就把水磨年糕換成了豬油年糕。

阮喻憑著記憶裡媽媽教的方法，做麵糊，打雞蛋，熱油鍋，把切好的年糕裹上麵糊，用文火煎。一塊塊年糕很快成了金黃色，香氣四溢。

她一個吃過午飯的人都有點餓了。

裝盤的時候，阮喻沒忍住，想偷吃一個，又怕被許淮頌看到，回頭朝客廳望，卻發現他背對著這邊，單膝跪地蹲在那裡，襯衣的袖口捲了起來，不知在幹什麼。

她一愣，剛好看到他起身回頭，手裡是一畚箕的瓷片。

阮喻趕緊上前去：「我來就行了。」

許淮頌把畚箕放到一邊，言簡意賅地說：「抹布，膠帶。」

她喔了一聲，找來這兩樣東西，正要蹲下去自己收拾，手裡的抹布就被許淮頌抽了過去。他一聲不吭地擦完地，放下抹布又朝她攤開手。

阮喻把膠帶遞到他的手心，彎著腰說：「這材質應該不會有碎片。」

許淮頌沒搭理她，一點一點地黏著理應不存在的碎瓷，精細得像是在做一台手術。

阮喻微微一震。雖說他是在對自己的失誤負責，但看到這畫面，說內心毫無觸動絕對是假的。

所以，當她回頭端來年糕，看到許淮頌有點驚訝的表情時，說了句正常情緒下不會說的話：「我換了豬油年糕，你應該很多年沒吃了吧？」

然後，她就迎來了一個致命拷問。

許淮頌揚了揚眉：「你怎麼知道我是蘇市人？」

阮喻一時竟然啞口無言。果然，面對面比較容易出事。

她趕緊接上：「我了解過！網路上有一篇關於你的報導。」

這個謊圓得不錯，但問題是，她把自己又推入了另一個坑。

許淮頌似笑非笑地問：「了解我做什麼？」

阮喻手裡那盤豬油年糕突然變得燙手起來。

她乾巴巴地眨了兩下眼：「就是……對代理委託人的基本了解，我還知道劉律師是杭市本地人。」說完遞上白瑩瑩的盤子和一雙銀色筷子，「趁熱吃？」

這話題轉得可真生硬。許淮頌垂眼接過，走回了沙發。

阮喻心虛地摸了摸鼻子，坐到他的對面。

他吃相斯文，夾起一塊年糕細細嚼著，表情紋風不動，讓人判斷不出到底好不好吃。

阮喻暗暗琢磨著，下一秒卻見他咽下年糕，抬頭問：「妳要吃嗎？」

是她的目光太用力了？她趕緊擺手，收回眼，然後眼睜睜看著十幾塊年糕被吃了個精光。

雖然吃相斯文，但胃口好像並不「斯文」啊。

阮喻咽了咽口水，把空盤子拿回廚房，回來就見他翻起了資料，看她回來，抬頭說：「我還沒看。」

「你……」她頓了頓，「這幾天很忙嗎？」

「嗯，沒開微信。」

原來也不是故意不回訊息。她就說嘛，許淮頌不至於這麼小肚雞腸。

阮喻這下放鬆了點：「其實案子不急，畢竟輿論平息得差不多了，開庭又還早，現在做完反抄襲對照表也沒用，你可以先回去休息。」

許淮頌沒說話，低頭繼續看資料。

客氣過了，她也就沒再多說，但半個小時後，卻看他闔上了資料。許淮頌是真的撐不住眼皮了，但持續發展的道理他還是懂的。來日方長，不能竭澤而漁吧？

他閉上眼：「妳幫我聯繫劉茂，讓他來接我，我要睡一會兒。」

阮喻連喔兩聲，傳了個訊息給劉茂，正想問他要不要躺到旁邊的長沙發上，一抬頭卻看他又睡著了。

她走到他的身邊蹲下來，小聲叫他：「許律師？」

沒反應。

律師真是個辛苦的職業。

算了，叫他歪著睡吧。她去臥室拿了條剛洗乾淨的薄毯幫他蓋上，坐回對面的沙發跟著閉目養神，再睜眼，卻發現許淮頌不見了。

糟糕，她也睡著了。作者果然也是個辛苦的職業。

她正要拿起手機看許淮頌是不是傳過訊息，一抬眼卻先瞥見茶几上的一張字條。

就兩個字——走了。

阮喻低下頭，看了眼自己身上的薄毯，微微有點晃神。

許淮頌回到飯店一覺睡到晚上十一點，習慣性地點開了阮喻的微博。

她的微博在兩天前就恢復了評論和私信功能，但一直沒更新動態。現在他意外地看到了一條最新內容，來自一小時前。

溫香：上來跟大家說聲抱歉，《好想和你咬耳朵》大概不會再更新了，這個決定跟之前的網路暴力無關，大家晚安。

許淮頌輕輕眨了眨眼，拉到底下的評論。

評論下密密麻麻的都是感嘆號，一個個讀者哭著喊著「不要啊大大」，還有問為什麼的。

阮喻沒回答任何一條，但最上面的一條評論內容顯示「被博主讚過」，似乎是得到了她的認可。

許淮頌看了那條評論，放下手機，打開窗吹了一會兒風，最後撥通了一通電話：「出來喝酒嗎？」

凌晨一點，郊區酒吧的散台，劉茂撐著眼皮，看看已經空無一人的周遭，奪過了許淮頌手裡的酒杯：「我說你出來喝酒不聊天的啊？你這樣悶著喝，考慮過我這個沒時差的人可能會很睏嗎？」

許淮頌換了個杯子，看眼神有了幾分醉意，但勉強還算清醒。他晃了晃酒杯，瞥他一眼，說：「聊什麼？聊你的相親對象？」

劉茂一臉無奈。

上次許淮頌來杭市的時候，劉茂就交代了自己跟阮喻認識的前因後果，結果一路被他消遣。

可他呢，卻連一字一句都沒提過他和阮喻的關係。

劉茂嘆口氣：「不聊拉倒。」

許淮頌笑起來：「我要是說了，你別跌破眼鏡。」

劉茂嗤笑一聲：「什麼驚天動地的故事啊，還能讓我一個快三十歲的人跌破眼鏡？」

三分鐘後，寂靜的散台發出砰的一聲。

劉茂捂著下巴瞠目。

許淮頌撇過頭笑，不說話。

劉茂傻愣半天，問：「就算你那時候不曉得她的心意，告白試試不行嗎？為什麼不說？真要當好學生？」

許淮頌沉默了一下，笑道：「我家當時的情況，你不清楚？」

劉茂一時接不上話，過了一會兒才問：「那你現在怎麼想的？」

「不知道。」

許淮頌說的是實話。

太多年過去了，現實不是電視劇，不是黑底白字的一行「八年後」就能夠輕描淡寫一筆帶過的。

事實上，從初知真相的那一刻起到現在，他都沒有真正清醒過。回國也好，耍心眼也罷，都像是被一股什麼力道推著進行。而他只是順從地放棄了抵抗而已。

良久後，他再次開口：「這種感覺太難受了。我不怕她沒動過心……」他仰起頭，一杯伏特加下去，接著說，「就怕她動過心。」

劉茂心頭猛地一震，像聽見一整排酒瓶叮鈴噹啷翻倒的聲音。

他想了想，問：「你知道假性喜歡嗎？」

許淮頌瞥了瞥他，沒說話。

「我有個朋友，大學開學不久跟一個女生互相看對了眼，但是誰也沒說破。臨近畢業聽別人講起，他才知道，原來那女生之前也喜歡他，情況跟你還挺像的。你猜後來怎麼樣？」

沒得到回應，但他自顧自地說下去：「後來他狂追猛纏，跟那女生在一起了。但結果呢？」他比個手勢，「兩個月就分手了。因為兩人看對眼的時候，根本不了解對方，一相處才發現不是那麼一回事，敢情當初都只是活在想像裡。」

許淮頌垂了垂眼，繼續喝。

「再之後，那朋友就跟我說，他追人家的時候，其實完全是被遺憾和執念支配，只想著錯過太可惜。分手後才想明白，那只是假性喜歡。可是來不及了，原本挺好的一段暗戀，彼此也保留了對方最完美的印象，就這麼生生被撕……」

「你什麼意思？」許淮頌啪地放下杯子。

劉茂愣了愣，剛要解釋，就看到許淮頌拎起西裝外套大步往外走，等他結完帳追出去，外面早沒了人影。

他撥通許淮頌的電話，問：「你在哪裡啊？」

『計程車上。』

「回飯店？」

許淮頌的聲音聽起來有點含糊，沉默了半天說：『她家。』

淩晨兩點，阮喻卻醒了，可能是因為白天睡過一覺的緣故，回到床上後突然特別清醒。

她睡不著，就乾脆滑開手機，刷起了朋友圈。

原本這個時間點也不指望有什麼新鮮事，但一刷新，卻看到一條不久前更新的朋友圈。

至坤劉茂：深夜清吧陪人買醉，沒什麼特別的感受，就一個字：豎，橫折，橫，豎，撇，捺，橫。

配圖是一張照片，圖上一瓶伏特加，以及露出一角昏黃的散台，沒別的了。

阮喻把這幾個筆劃在床單上畫了一遍，湊出個「困」字來，心想劉茂這人倒是比初見時候看起來要時髦有趣。

她很快滑過了這條動態，發現沒什麼好看的了，回頭又翻起微博。

躊躇幾天後，她在幾個鐘頭前做了決定，不再連載《好想和你咬耳朵》，所以傳了一條道歉聲明。

阮喻點開那條微博，正想看看讀者的反應，忽然一眼看見最上面的一條評論：沒有什麼過不去，只是再也回不去。

她渾身一抖，起了一身的雞皮疙瘩。

我的老天爺啊，這麼酸的話，她怎麼會點了個讚？什麼時候手滑的？

第二天清早，天剛濛濛亮，阮喻就被門鈴聲吵醒。她在被窩裡掙扎了片刻才爬起來，然後在睡衣外面披了件外套，打著哈欠踱出去，一看貓眼倒是嚇醒了。

竟然是上次那個方警官，方臻。她趕緊開了門。

這位不苟言笑的民警一臉嚴肅，明明記得她，非要例行公事一下地說：「請問是阮喻，阮小姐嗎？」

她點頭配合：「是我，方警官有什麼事嗎？」

方臻拿出文件和筆，邊做紀錄邊說：「我來了解一下情況，請問阮小姐今天淩晨兩點到三點間是否曾遭到醉漢的騷擾？」

醉漢？騷擾？

阮喻搖搖頭：「沒有。」

「也沒有聽到任何異常聲音？」

「沒有。」

「感謝妳的配合。」方臻點點頭要走，臨走又補充一句，「夜間務必鎖好門窗，注意防盜。」

「我們這附近發生了什麼案子嗎？」

「據多位居民反映，今天淩晨不少住戶都遭到了疑似同一名醉漢的騷擾，並且這些住戶，都有一個共同的特徵。」

阮喻眨眨眼：「什麼特徵？」

方臻拿筆一指她的頭頂：「門牌號都是302。」

這是什麼變態行徑？還是這個數字有什麼特別的魔力？

方警官說完就離開了，留下阮喻暗自膽戰心驚。這回可不是她的憑空臆想，而是實實在在出現在身邊的不法分子。

這個方警官不說還好，這麼一講，她一個獨居女性夜裡還怎麼睡得好覺？

畢竟，聽說這一片的302住戶全都被騷擾過，只剩她了。

阮喻摸出手機問沈明櫻今晚是不是一個人在家，卻得到『我男朋友在呢，怎麼啦？』的回覆。

她不好意思當電燈泡，謊稱沒事。到了夜裡，把門窗都鎖好卻還是不安心，翻來覆去到十二點，始終半夢半醒。

十二點一刻，天空一聲驚雷，窗外下起了傾盆大雨。

阮喻就更睡不著了，無奈又刷起微博，順便發了一篇文：夜闌臥聽風吹雨，醉漢切勿來偷襲。（保佑）

發完以後，她看了幾支搞笑影片來轉移注意力，正準備關掉手機繼續睡，卻忽然收到一封新郵件，來自許淮頌。

她點開郵件，發現附件裡有個文件，內容是針對反抄襲對照表的最新意見。這時間還在努力工作的人，都是這座城市的菁英啊。

出於對菁英的肯定，以及同是深夜未眠人的惺惺相惜，她對許淮頌的抗拒稍稍減少了幾分，點開微信對話視窗道謝：許律師，我收到郵件了，這時間還在忙我的案子，辛苦了。

許淮頌很快就回覆：順便。

阮喻仔細揣摩了一下這兩個字的意思。

喔，如果是在舊金山，現在才早上九點半。他要嘛是時差還沒調好，要嘛是在跨洋工作吧。

這麼說，這時間對他來講不算打擾。

於是她說：那你要是有空的話，我們談談案子？

許淮頌：不方便視訊，語音通話吧。

這可正合阮喻心意。

她扭頭打開床頭燈，臥室剛亮起來，就收到了他的語音邀請。

她一邊接通，一邊掀開薄被下床，穿上拖鞋：「等一下，我去拿個資料。」

許淮頌嗯了一聲。

阮喻打開房門的時候，窗外剛好亮起一道閃電，隱隱照見漆黑的客廳角落，像在拍恐怖片似的。

她打了一顫，迅速打開大燈，與此同時，企圖通過說話來減輕心底的不適：「許律師。」

『怎麼了？』

「你那裡下雨了嗎？」

『剛停。』

「那是烏雲飄到我這裡來了……」

那頭陷入了沉默，可能不知道接什麼話。

但偏偏她一時找不見文件，不知道被塞到哪裡了。

她只好再開一個話題，突然變成個話匣子：「許律師，你上次教我對付不法分子的辦法，好像挺專業的，我能不能再請教你一個問題？」

『嗯。』

「如果半夜有醉漢來騷擾的話，也能用類似的對策嗎？」

『……』

許淮頌一言不發。外面卻正巧狂風大作，搖得窗門都震響了。

阮喻聽那頭的聲音消失，問：「你在聽嗎，許律師？」

許淮頌輕咳一聲：『網路訊號不好，妳再說一遍。』

她終於翻找到正確的資料，關掉大燈後飛奔回臥室，鑽進被窩才答他：「喔，沒事了。」說著盤腿坐好，翻開郵件內容對應的頁碼，「我們開始吧。」

窗外的雨勢很快就變小了，不一會兒就徹底恢復了平靜，只剩窗戶上的水珠子還時不時地淌著。

這樣大雨初停的畫面，在高中三年的記憶裡多得數不清。大操場看臺的欄杆、教學大樓走廊的窗臺、升旗臺上的升旗柱，都曾有這樣的水珠懸而不落。

阮喻不喜歡下雨，卻喜歡看雨剛停的樣子。

她記得她的日記本裡有過那麼一句話——你身上乾淨耀眼的少年氣息，晴朗了我少女時代所有，所有的雨季。

『妳在做什麼？』他的聲音忽然響起來，可能是說了一堆話，卻發現她沒在聽。

她回過神，低低啊了一聲：「我在看……雨停了。」

『嗯。』

阮喻沒戴耳機，直接使用擴音。

臥室內的聲音在靜謐的夜裡變得格外清晰。

許淮頌說：『第三段。』

她接上：「這一段是在交代背景。」

『嗯。』

「我覺得這個設定沒必要解釋，哪所高中還沒有一個嚴厲的訓導主任？難道你……」

『我什麼？』

「我是說……你以前的學校沒有嗎？」

『不記得了。』

「喔……」

水珠時不時地滴答一下打在遮雨棚上，營造出催眠的效果。

阮喻不記得自己是什麼時候開始睏到眼皮打架的，她只知道，當她被清晨的鳥鳴叫醒，看到枕頭邊的手機螢幕上，掛斷標識上方的那行「05：52：00」時，驚訝地啊了一聲。

然後，手機那頭就傳來了一陣窸窸窣窣、被子和衣物摩擦的動靜，緊接著許淮頌微帶沙啞、不太銳利的聲音響了起來：『妳幹嘛？』

「……」

阮喻嚇壞了，覺得像是他在自己身邊醒來了一樣。

她趕緊拿起手機解釋：「我昨晚好像不小心睡著了……」說完，心裡泛起一陣異樣的感覺，「你為什麼不掛斷？」

許淮頌嘆了口氣：『那我應該也是那時候睡著的吧。』

「……」

一個案子能談得這麼不認真，也是沒轍了。說好的這座城市的菁英呢？

她喔了一聲，因為這古怪的氛圍而不自在，正準備「先掛為上」，忽然聽見許淮頌那頭傳來一陣突兀又刺耳的「嗚咿——嗚咿——」。

她一愣：「什麼聲音？」

『救護車。』

「為什麼會有救護車？」

許淮頌似乎翻了個身：『我在醫院。』

許淮頌打完點滴已經接近中午。劉茂和陳暉來醫院病房的時候，護士剛幫他拔了針頭。

陳暉遞給他一碗粥，又替他把病床上的筆記型電腦搬開，目光掠過沒關的螢幕時，稍稍一愣：「咦，救護車音樂試聽？頌哥，你查這個幹嘛？」

許淮頌打開粥，淡淡地說：「沒什麼，就是突然想聽歌了。」

劉茂瞥瞥他這慘澹的臉色，搖了搖頭：「聽救護車的音樂找刺激？你這人啊，沒本錢就別找刺激了，你說你，在美國就把胃弄成這樣？」

許淮頌不以為意：「職業病而已。」

劉茂呵呵一笑：「我也是律師，我怎麼沒病？小陳，你也沒病吧？」他諷刺完又說，「知道胃不行，還一口氣吃十幾塊年糕，喝一整排伏特加，我要是女生，這種沒分寸、不惜命的男人，送我我都不要。」

陳暉不知道劉茂意有所指，瞪大了眼說：「茂哥，原來你是這種性取向？」

「閃一邊去！」劉茂瞪他一眼，把他支開了，然後問許淮頌，「昨天警察來過了？」

許淮頌咽下一口粥，點頭。

「以後再也不敢放你一個人出去發酒瘋了。」劉茂笑到肚子痛，「大半夜的，你真敲了十幾戶302的門？」

這不是重點。重點是，他敲開了十幾戶302的門，卻完美避開了那一戶「正確答案」。這個酒，未免醉得太有水準。

劉茂緩了緩說：「可惜了。」

話音剛落，一名護理師敲了敲房門說：「許先生，有位阮姓小姐來探望你。」

劉茂眼底閃過一絲訝異。

許淮頌朝護理師點點頭，在她轉身離開後，接了劉茂的話：「不可惜。」

劉茂忽然明白了他的意思。

許淮頌在法庭上是怎樣的人？是步步為營，處處算計，秉承著「如果不能一針見血，就等於一敗塗地」的人。

他可以接受失敗，卻不允許有任何失誤，所以拒絕一切不合時宜的冒進。對他來說，情場如法庭。所有耐心細緻的鋪墊與渲染，都是為了最後的一錘定音。

而現在還不到落錘的時候，所以反而要慶幸自己沒敲開那扇門。

許淮頌把粥盒蓋上，遞給劉茂，叫他幫忙扔進垃圾桶。

與此同時，走廊裡，阮喻一手拎著便當盒，一手抱著文件，慢慢朝這個方向走來。

第六章　無可救藥的暗戀

阮喻剛一靠近病房門，劉茂的聲音就傳了出來：『我哪知道你還沒吃午飯？你也沒說一聲。』

『說了，微信。』許淮頌肯定地回答。

阮喻在離門一公尺左右的位置頓住，低頭看了眼手裡的便當盒，一時無言。

許淮頌病糊塗了。他是在微信上說了，卻是跟她說的。

她就說嘛，為什麼她在掛斷語音後，會收到一條看起來口吻極其熟稔，態度十分理直氣壯的訊息：『中午幫我帶碗粥。』

後面還附帶了定位和病房號碼。

敢情他是把打算傳給劉茂的訊息誤傳給她了？

那現在怎麼辦，她是進去還是不進去？

阮喻在走廊躊躇著，忽然聽見劉茂不低的聲音再次響起：『行，我去幫你買。』說完，朝門外走來。

她來不及閃躲，被他撞個正著，只好乾笑一下：「劉律師。」說完就提起了手裡的便當盒，「買粥？」

阮喻被劉茂領了進去。

許淮頌正背靠軟枕，敲著電腦鍵盤，看起來像在忙工作，見她進來，眼底閃過一抹訝異之色。

阮喻呃了一聲：「那個，門沒關，我聽到你們講話了……」說著晃了晃手機，「許律師，你把訊息傳給我了。你的粥。」

許淮頌似乎愣了愣，低頭滑開手機看了眼：「喔。」頓了頓，補上一句，「麻煩了。」

阮喻放下便當盒和懷裡的文件，說：「那我先走了。這份資料是反抄襲對照表的最終定稿，我順便帶來了，等你身體好一點再看就行。」

劉茂出聲阻止她：「大熱天的，這趟算妳替我跑的冤枉路，我請妳吃冰。」

阮喻擺手說不用，但在他退一步，提議「那坐一會兒，吃點水果再走吧」的時候，不好再次拒絕。劉茂招呼她在一旁的休息椅坐下，然後把便當盒放到許淮頌面前的桌板上，替他旋開蓋子。

一陣馥鬱的桂花香撲鼻而來，雙層的盒子裡，一層裝了白粥，一層裝了紅豆沙。這是什麼稀奇的吃法？

許淮頌卻好像非常熟悉，拿濕紙巾擦了手，把紅豆沙慢慢澆在了白粥上。

一種「多餘」的孤寂感盈滿了劉茂的心頭。他好奇地問：「這是你們那邊的特產啊？」

他的措辭是「你們」，而許淮頌卻很自然地嗯了一聲。

阮喻嚇得不輕：「許律師怎麼知道我也是蘇市人？」

「了解過。」他舀起一勺粥，用她當初的話回敬了她，一抬頭看她的臉色都快白了，補充道，「妳的微信資料。」

喔對，她的微信資料裡，地區一欄寫的是蘇市。阮喻鬆了口氣，呵呵一笑，掩飾似的扯離話題：「糯米不容易消化，我沒用，口感可能差一點，你湊合著吃。」

「嗯。」

劉茂更覺得自己多餘了，正打算逃走，卻看到剛才被支開的陳暉回來了，一見到阮喻就驚喜地道：「阮小姐，妳也來看頌哥啊？」

阮喻心想這純屬烏龍，但又不好意思說自己不是來看許淮頌的，只好點頭說對。

陳暉衝她笑了笑，扭頭發現許淮頌面前換了一種粥，奇怪地咦了一聲。

「幫我拿下紙巾。」許淮頌及時打斷他即將出口的疑問。

劉茂離床頭櫃近，把一整盒紙巾都遞給了他，然後拍拍陳暉的肩：「走了，事務所還有事呢。」

陳暉喔了一聲，臨到門口卻又突然回頭：「對了頌哥，你今天凌晨三點傳的那封郵件我看了，晚點就把資料給你。」

阮喻一愣。

凌晨三點她肯定不省人事了，許淮頌不是說他也睡著了，所以才沒掛斷語音嗎？

她目光一頓，緊接著聽見他的質疑：「凌晨三點？你夢遊？」

劉茂的反應快到令人叫絕：「小陳記錯了吧？那是我寄的郵件。」

阮喻：「……」

這群律師，一個個的，連消息來源都弄不清楚，她怎麼這麼替他們的委託人擔心呢？

「是嗎？」陳暉摸著後腦勺，半信半疑地出了門，到了停車場一拍大腿，「不對啊茂哥，是頌哥的郵件沒錯啊！」

劉茂拉開車門：「會不會看場合啊，你是不想在事務所混了？」

陳暉忽然明白過來，上車後一邊繫安全帶一邊說：「這麼說來，頌哥一碰上阮小姐就很奇怪。就說他剛回來那天吧，非要我演個戲，說張姊碰上了麻煩。後來我打語音給他，問什麼時候去接他，結果他莫名其妙回答『沒吃』……」

劉茂不曉得還有這種內情，想了想，傳了條訊息給許淮頌：你耍心機也不要太過分，小事也就算了，反抄襲對照表就別拖了。人家都拿了定稿來，再不敲定說不過去。

病房裡，剛吃完粥的許淮頌拿起手機，看完訊息頓了頓，打出：你以為我想拖？

他跟她就像是被一刀斬成對半的藕，除了案子，哪還有別的牽連。

但劉茂說得對，這件事，該告一段落了。

阮喻見他吃完了，主動收拾餐具，再次說：「許律師，你好好休息，我先走了。」

許淮頌點點頭翻開文件，等她拎著便當盒走到門口，又說：「等等。」

阮喻回頭，目光中帶著疑問。

他說：「妳的稿件，一直缺了一個章節。」

稿件是缺了一個章節，女主角作春夢的章節。

阮喻那顆心猛地一跳。她竭力鎮定下來：「沒有吧？」

許淮頌卻根本沒給她蒙混過關的機會：「把第二十三章確認一下。」

「現在嗎？」

許淮頌點了點頭。

她硬著頭皮走回去：「可是我手頭沒有稿件。」

「網站後臺也沒有？」

他一個男律師，為什麼連女性文學網的後臺都那麼了解？

阮喻慢吞吞地用手機打開了網站後臺。

逃不掉了，但至少可以找塊遮羞布。於是她說：「網路速度有點慢，我等等在回去的路上再傳給你吧。」

「這裡有 Wi-Fi，密碼是四個六四個八。」

阮喻暗暗吸了口氣，咬咬牙。三分鐘後，她把章節內容複製成文件檔傳給他，然後說：「給你了，那我先走了。」

許淮頌卻對著電腦皺了皺眉頭。

「怎麼了？」她問。

「太長了，眼睛痛。」

他好像是因為胃痛才進來的吧？

「那你休息好了再看。」

「妳念吧。」

「？」

阮喻揉了一下耳朵：「你說什麼？」

許淮頌闔上眼，提了一下被子，躺下一半身子：「我大致記得原作，妳念一遍，我確認沒問題，就可以結束工作了。」

「……」

他沒問題，但她會有問題。

阮喻連假笑也擠不出來：「我確認過，這章沒有問題。」

「最危險的地方往往是最安全的地方，反之亦然。」

阮喻反駁不了了，在心裡點點頭。

行吧，不就是念段色情文章嗎？反正不都是成年人了嗎？

她關上房門放下便當盒，拿起手機清了清嗓，用機械式的女聲道：「第二十三章……」

「章」字讀完，許淮頌睜開眼：「算了，不用了。」他只是想激一激她，讓她知難而退，坦白說開，結果她真的打定了主意不相認。

阮喻不明所以地頓住，下一刻，聽見房門被人敲響。

站在外面的護理師隔著門說：「許先生，有位姓陶的女士自稱是你的母親，正在向服務台詢問你的病房號碼。」

來不及溜之大吉的阮喻，跟色情故事男主角的母親和妹妹正面相遇。

門一打開，三位女士面面相覷了一瞬，陶蓉和阮喻同時向對方點頭致意。

許懷詩愣愣的，把阮喻從頭到腳掃一遍，似乎認出了她：「啊呀……！」

「許懷詩。」許淮頌直起身子，沉著臉看她一眼，「今天週五，妳蹺課來的？」

許懷詩的注意力被拉回，一把挽住陶蓉：「哪有啊！媽批准的！你看你回國了也不回蘇市，還要我們特意過來。」

陶蓉輕拍一下她的手：「你哥忙。」又看了一眼杵在原地的阮喻，問，「這位是？」

阮喻這才發現自己還保持著緊握手機的演講姿勢，放鬆繃緊的身體後，主動打招呼：「您好，我是許律師的委託人，來這裡跟他談工作。」

許淮頌默認了這個身分，叫陶蓉和許懷詩坐，說：「我說了沒什麼，就是水土不服。」

「都住院了還……」陶蓉的眼眶泛紅，說到這裡卻頓住，大概是顧忌到有外人在場，沒往下講。

阮喻立刻意識到自己的存在妨礙到了這家人，正打算離開，卻見許淮頌看了過來：「方便幫我洗點水果嗎？」

「喔，好。」她點點頭，轉頭去提他床頭櫃上的水果籃。

許懷詩嫌棄地看了許淮頌一眼。她這哥哥，為了留人，真是使盡渾身解數了。

她朝許淮頌扮個鬼臉，轉頭追上阮喻：「姊姊，我來幫妳一起洗！」

阮喻回過頭去。

許淮頌不是獨生子，她以前就知道，但這個妹妹具體比他小多少，她不太了解，這下看到許懷詩穿了蘇市一中校服才大致明白，應該是十六、七歲的年紀。

阮喻的心裡升起一種不好的預感。

蘇市一中的校史館好像有她的照片，許懷詩該不會剛好在那裡就讀吧？

阮喻對她笑笑：「我來就行了，妳不去跟妳哥聊天嗎？」

「跟他有什麼好聊的？」許懷詩嘟囔一句，「簡直太過分了，還叫客人洗水果！」

阮喻剛才也奇怪，現在才回過神來。

許淮頌應該是有話跟家人講，又看她杵著不動，這才故意支開她一會兒。

可在他眼裡，她居然是這麼沒眼力的人嗎？她本來就打算直接走了啊。

許懷詩跟她到了茶水間，挽起袖子，幫著她一起拆水果籃，拿出蘋果和李子來洗。

阮喻看她手法嫻熟，隨口問：「妳經常做家務嗎？」

「對啊。」她點點頭，「都是被我哥迫害的。」

她愣了愣：「他不是一直在美國嗎？」

「但他還是有辦法。」許懷詩嘆口氣，壓低聲，「遠程遙控，跟魔鬼一樣。」

阮喻笑了笑，目光掠過她身上校服時，心中再次充滿危機感，問：「妳在哪邊念高中呢？」

「蘇市一中。」

許懷詩脫口而出後，心底哎呀一聲。這算不算違背了她哥叫她「閉好嘴」的交代？

她小心翼翼地抬頭看阮喻，卻發現她的神情比自己更心虛。

好了，都是被她哥支配的天涯淪落人，又有誰比誰過得更好一點呢？

想到這裡，她對阮喻的歉意更深了一層，說：「姊姊，妳委託我哥的案子解決了嗎？」

「快了，就等開庭了。」

「有碰上什麼困難嗎？」

「缺了一樣原本計畫中的證物，不過沒什麼影響。」

許懷詩低低喔了一聲。

缺少的那樣證物，就是她原本該向法院提供的，買賣大綱的證據。但買賣大綱這件事本身就是假的，她拿不出交易紀錄來，許淮頌也嚴令禁止她作偽證，所以她只能表示自己不方便提供。

還好她哥拿到了一份電話錄音作為新證據。而阮喻也考慮到矛盾主要都在蘇澄那邊，便不再過分追究她。

許懷詩沒辦法正面致歉，只好說：「妳放心，有什麼麻煩就都交給我哥，他很厲害的。」

阮喻點點頭，在回去的路上又聽她好奇地問：「姊姊，妳長得真漂亮，妳有男朋友了嗎？」

她搖頭：「沒有耶。」

「那妳想找怎樣的男朋友？」

阮喻沉吟了一會兒，半開玩笑似的地說：「跟妳一樣嘴甜的。」

許懷詩的心底驚嘆了一下。

糟了個糕，她哥直接出局了啊。

阮喻放下水果後就再次提出要離開。

雖然陶蓉和許懷詩都客客氣氣地請她多坐一會兒，但一家子裡多了個外人，誰不彆扭？

所以她還是走了。

病房裡只剩下一家三口。

許懷詩立刻開始八卦：「哥，你這次悄悄回來，是不是因為阮學姊？」

「胡說八道什麼？」許淮頌瞥她一眼，又看了看滿臉疑惑的陶蓉。

許懷詩挽緊陶蓉的胳膊：「媽，我跟你說，我哥在追剛才那個姊姊呢。」

許淮頌咳嗽一聲，皺緊眉頭。

陶蓉又驚又奇，眼底很快覆上涔涔水氣：「淮頌……你打算回來了嗎？」

他垂下眼：「還不知道。」

「喔……」陶蓉笑了笑，忽然起身，「媽去趟洗手間。」

許懷詩鬆開她的胳膊，等她出了房門，才小聲說：「哥，我是不是說錯話啦？」

許淮頌用眼神砍她兩刀：「知道就好。」

「可是我說的是事實啊，你要是不打算回國，幹嘛招惹阮學姊？難道還想誘拐她跟你去美國？媽真的很盼望你回來，你給她一點希望也好嘛！」

「不一定能實現的事，為什麼要提前給希望？」

許懷詩恍然大悟地喔了一聲：「你的意思是等追到阮學姊才回國？那這媳婦，我媽可要定了啊。」

阮喻並不知道自己已經成了許家媳婦的候選人。逃過了「公開處刑」的她暗暗發誓，開庭之前決不在許淮頌面前出現。

三天後，劉茂帶來了好消息，稱被告徹底放棄，連答辯狀都交不出來，法院已經確定開庭日期，就在一個星期後。

見這件事也快告一段落了，阮喻放鬆下來，打算去郊區看看爸媽。

阮爸爸和阮媽媽是一對退休老教師，年輕的時候四處去偏鄉支援落後地區的教學工作，風風雨雨，什麼苦都吃過。因為熱衷於支援教學，很晚才回蘇市一中任教，安穩下來後生了孩子，老了以後終於打算享享清福，於是在阮喻高中畢業後申請了提前退休，跟她一起到了杭市。

杭市宜居，尤其爸媽居住的郊區，阮喻大學畢業後原本也想搬過去，正好能清淨寫作，結果被她爸趕出了家門，問她：跟他們在這裡養老，是不是想遁入空門？

她只好自己在市區租房子。

阮喻回到家的時候，阮媽媽正在廚房忙，而阮爸爸戴著老花眼鏡，正在細細修剪院子裡的花草，一看到她來就招呼：「喻喻，最近跟小劉處得還好嗎？」說著遞給她一把修花剪刀。

她放下包包，邊接過剪刀上前幫忙，邊說：「他人挺好的。」

阮成儒眼底剛亮過一抹喜色，又聽見她的下半句：「當朋友不錯。」

他的臉色一下子暗下來，喔了一聲，過了一會兒又暗示：「律師這職業好，哪天妳碰上麻煩時，還能幫妳解決事情。」

她爸媽一個腿不好，一個心臟不好，所以阮喻一直不肯把筆名告訴他們，怕他們因為網路上的煩心事受到刺激，瞎操心。但阮爸爸這段話，倒讓她有一種其實他老人家什麼都知道的錯覺。

她打了個馬虎眼，含糊過去：「您就這麼希望自己女兒碰上麻煩嗎？」

阮成儒板著個臉，一剪刀下去，換了話題：「我跟妳媽在討論要這兩天回趟蘇市。」

「都快梅雨季節了，您的風濕又要發作了，跑來跑去做什麼？」

「老房子下個月就拆了，妳媽天天翻那些老照片，我說就那麼幾步路，乾脆回去一趟。」

「那我陪媽回去，您在家歇著。」

阮成儒不置可否，叫她把這些花草好好打理打理，然後捶著腰轉身進了家門，到廚房小聲跟阮媽媽說：「喻喻說她陪妳回蘇市。妳看要不要跟小劉打個招呼，叫他趁機表現？」

阮喻在開庭之前陪媽媽回了一趟蘇市老家。

出行的前兩天，她接到劉茂的電話，說他這幾天剛好要去蘇市走訪一樁案子，問她們要不要同行。

阮喻一聽就知道這是阮爸爸在亂點鴛鴦譜，有心拒絕卻不能。

因為劉茂說了，之所以邀請她，是考慮到阿姨的身體不好，搭高鐵滿累的。她不為自己著想，也得替媽媽著想。

於是，出行當天一大早，劉茂就開車接了她和曲蘭。他一路開車開得專心，除了最初的招呼，也沒有跟她們多說話。

下了高速公路進入蘇市後，阮喻把老家的地址傳給他，聽見他說：「妳那邊跟淮頌的外婆家挺近的。」

她沒想到劉茂連許淮頌外婆家的地址都知道，下意識地看了一眼身邊的阮媽媽。

曲蘭當初也是蘇市一中的教師，文理科分班前，教過許淮頌一個學期的國文課。

不過她對劉茂的話並沒有什麼特別的反應，大概是不記得這個學生了吧。

阮喻迅速接上：「是嗎？這麼巧啊。」說完呵呵一笑。

這個插曲很快就被阮喻淡忘。

到了老家附近，她陪媽媽來回逛了一圈，臨近中午的時候，問她想去哪裡吃飯。

曲蘭說：「既然來了，不如順便回一中看看，就在學校餐廳吃。」

阮喻緊張起來。今天是週二，許懷詩肯定在學校。但是，她有什麼理由能夠拒絕媽媽？沒有。

中午十二點，阮喻她們到了學校餐廳附近。

曲蘭來得低調，沒有知會老同事們，也特意避開了教師餐廳。但這個時候，卻剛好是學生用餐的高峰時間。遠遠望著身穿藍白色校服的學生進進出出，三三兩兩打成一片，朝氣蓬勃，阮喻不禁一陣感慨。

她低頭掃了一眼身上的連身裙，發現自己跟這裡格格不入，跟曲蘭感慨：「年輕真好，媽，妳看我都老了。」

曲蘭瞪她一眼：「妳都老了，媽怎麼辦？」

「我去借套校服來，您穿上了，還會有人問您『同學，請問藝文館怎麼走』呢。」

「油嘴滑舌！」

阮喻笑盈盈地挽著她的手上前，在靠近餐廳門前那一排倒剩菜的餿水桶前，聽見一個女生跟另一個女生說：「妳這雞腿都沒啃乾淨，浪不浪費啊？」

被質問的女生瞪了她一眼，說：「妳懂什麼啊？」

阮喻忽然有些失神。

那個女生不懂的事，她覺得，她可能懂——雞腿是很好吃，可如果餐廳裡坐了心上人，那再好吃的雞腿，都只有被浪費的命。

她以前也是這樣。

年少時的暗戀，就是長著一雙雷達似的眼，無時無刻都在人群中尋找他，可一旦找到了他，卻又迅速撇過頭，假裝沒看見他。然後，把自己的每一個舉手投足，都塑造成完美的淑女模樣。

「雞腿，我所欲也。許淮頌，我亦所欲也。二者不可得兼，捨雞腿而取許淮頌者也。」——現在想想，那時候的暗戀真是太簡單純粹了。

最浪漫的事，就是為他在學校後門放一把用來翻牆的梯子；最熱烈的喜歡，就是願意為了他放棄自己最心愛的食物。

而所有的浪漫和熱烈的喜歡，都不需要得到回應，甚至不需要他認得你。

阮喻失著神走進餐廳排隊，輪到她的時候，毫不猶豫地指著紅燒雞腿跟餐廳大叔說：「三個。」

她要把那些年沒吃夠的肉都補回來。

周圍的一圈學生向她投來詫異的目光，阮喻有點不好意思，跟曲蘭說：「媽，妳太瘦了，要多吃點肉。」

曲蘭低聲啐她：「腦袋轉真快！」

母女倆找了個靠近角落的位置坐下。

學生餐廳裡沒裝冷氣，只有十幾個大電扇嘩啦啦地吹著。阮喻拿起筷子，準備好好跟三隻雞腿「打個照面」，卻忽然聽見一個男聲傳了過來：「許懷詩，剛才那個是妳男朋友啊？」

阮喻一下偏過頭，看見不遠處有個小平頭的男生端著餐盤，正跟許懷詩講話。

還真的碰到了啊。

她正要低下腦袋保持低調，就聽見許懷詩回答：「男朋友哪可能那麼帥，那是我哥！」

阮喻差點嗆出一口飯來，下一秒，就見許淮頌端著餐盤上前，在許懷詩的對面坐了下來。

那個小平頭的男生還說了些什麼，她卻再也沒聽見，因為此時此刻，她滿腦袋都在嗡嗡作響。

曲蘭看她不對勁，問她怎麼了。這個聲音惹來了許淮頌的目光。

阮喻猛地一回頭，在他目光掃過來的一瞬，低頭抬手，一邊死死遮住自己的臉，一邊跟媽媽搖頭示意自己沒事。

長桌那頭，許淮頌似乎沒什麼發現，跟對面的人說：「吃快點，吃完送妳回家。」

許懷詩唔了一聲。

阮喻明白了，過幾天就是大考了，為了騰出教室作為考場，高一高二的學生會有一個小長假，許淮頌想必是來接妹妹回家的。

她把頭髮撥到右側，遮擋住臉，再拿起筷子時，卻覺得盤子裡的三隻雞腿索然無味起來，啃不得，戳不得，一頓飯吃得欲哭無淚，還要在曲蘭面前強顏歡笑。

時隔八年，再一次跟許淮頌在這間食堂一起吃飯，卻跟以往的每一次一樣，結果都是吃不飽。等許家兄妹端起餐盤離開，阮喻才徹底鬆了口氣。

吃過飯，曲蘭也打算回去了，但阮喻卻怕許淮頌還沒走遠，刻意拖著媽媽在學校裡打轉，沒想到這一轉，就在教學大樓附近遇見了一中的副校長何崇。

當年，何崇是阮喻的英語老師，跟曲蘭和阮成儒夫妻倆的關係非常親近。他一眼認出曲蘭，又驚又喜地責怪她怎麼來了也不說一聲。這下是逃不過一頓敘舊了。

何崇一路上跟曲蘭談天說地，笑得和藹，「今天真是稀奇了，剛才我還碰到了我以前班上的學生，說起來也巧，還跟阮喻是同一屆的。」

阮喻知道他說的十之八九就是許淮頌。因為當年，全年級只有她所在的九班和許淮頌所在的十班是文組，所以有不少共同的老師。

她有意避開重點，笑著說：「何老師桃李滿天下，哪有什麼稀奇的。」

母女倆被請到了校長辦公室，正好是午休時間，不一會兒，曲蘭的一群老同事全都聞訊過來，把辦公室擠得熱熱鬧鬧。阮喻自覺這場面不太適合她這一輩的人，說要出去校園裡轉轉，晚點再回來。

校長辦公室距離大操場不遠，出門後走一段蟬鳴鼎沸的林間小路就到了。

今天的太陽不大，阮喻一路繞到操場，在看臺坐了一下來。

綠茵場上，一群男生正在踢球。

她拿出隨身攜帶的筆記本和筆，在上面寫起字來：『六月五日，天氣陰。今天回了蘇市一中……』

剛寫到這裡，對面突然傳來一聲高喝：「小心！」

她一抬頭，就見到一顆足球直直飛向看臺。所幸，足球鏘的一聲撞到她跟前的欄杆上，然後掉了下去。

阮喻嚇了一跳，心臟後知後覺似的猛地一跳。

始作俑者飛快朝她跑來，到了看臺下，喘著粗氣仰頭問她：「學姊，妳沒事吧？」

阮喻一愣。

這不是剛才在餐廳跟許懷詩說話的那個「小平頭」嗎？

他怎麼知道她是學姊？

她起身上前，搖頭說沒事，又問：「為什麼叫我學姊？」

對方笑露一口大白牙：「那是學妹嗎？」

現在的小朋友，嘴巴可真甜啊。看來那句「學姊」也不過隨口一說而已。

見她笑笑不答，男生抱著足球繼續問：「學妹，妳在這裡幹嘛呢？」

阮喻晃了晃手裡的筆記本：「來這裡田野調查，記錄生活。」

「田野調查？妳是畫家，還是作家啊？」

「算是作家吧。」

「是寫什麼書的？」

「言情小說。」

「那妳很會談戀愛嗎？」

阮喻一頓，然後看見他把足球扔給了同學，三兩步爬上看臺，來到她身邊：「妳教教我怎麼追女孩子吧？」

她一時失笑：「你念高幾？」

「高二。」

「這都准高三了，還想談戀愛啊？」

他斜睨她一眼：「無聊，大人都一個樣。」

阮喻被他氣笑：「你剛才還叫我學妹呢？」

「不教我就不是學妹了。」

他說著就從欄杆縫隙鑽下了看臺，把礙事的校服外套脫下來，隨手扔在操場跑道上。

阮喻上前兩步，喊：「你叫什麼名字啊？」

男生頭也不回，背對她隔空揮手：「趙軼，車失軼！」說完又加入了綠茵場上的戰局。

阮喻在看臺上坐了一會兒，在筆記本上寫下：『畢業的時候，跟她告白吧。一定要跟她告白。』然後撕下這張紙，下了看臺，把它塞進趙軼的外套口袋裡。

做完這些，她接到了劉茂的電話，他說實在不好意思，他在走訪的時候遇到幾個重要客戶，得送他們回杭市。

「啊，這樣啊。」阮喻想了想說，「沒關係的，我訂兩張高鐵票就……」

『等等。』劉茂打斷她，『我這裡還有一個空位，可以送阿姨，要不然還是叫她坐我的車吧，舒服點，妳自己回去路上小心。』

這倒也好。

她嗯了一聲：「那就麻煩你了。」

曲蘭跟老同事們敘完舊，離開了學校。阮喻陪她到附近的賣場等劉茂，等跟他碰面時已經臨近傍晚。

曲蘭原本是要跟阮喻一起坐高鐵的，但想到如果是那樣，回了杭市後，女兒還得特意送自己回郊區，也是麻煩，於是接受了劉茂的好意，臨走時叫阮喻注意安全，隨時報平安。

阮喻跟媽媽分別後，準備搭計程車去高鐵站，卻看天空飄起了雨絲。她的傘給了媽媽，只能回頭進賣場再買一把，但這麼一來一去耽誤了時間，雨反而下得更大，撐著傘也毫無用處。

傾盆大雨劈哩啪啦地打在傘上，坑坑巴巴的路面很快積起了一攤攤泥水。昏黃的天，阮喻站在路邊用叫車軟體叫車，過一會兒接到了曲蘭的電話：『喻喻，下大雨了，妳攔到車了嗎？』

「媽妳放心吧，我買了傘，也叫到車了。」

她剛說完，一輛跑車飛也似的經過，輪胎滾過坑窪的路面，把一攤泥水濺上了她白色的裙襬。

她憋住了那口氣，因為不想讓曲蘭擔心，掛了電話後卻抓著手機發愁。這天氣，哪叫得到車啊！

她把傘夾在肩頭，拿紙巾擦了擦裙襬，然後不停重整叫車軟體的頁面，正著急可能趕不上高鐵的時候，忽然看見一輛保時捷卡宴速度並不慢地朝她駛了過來。

有了剛才的遭遇，阮喻當即後退避讓，沒想到車卻一下子減了速，臨近坑窪時緩緩通過，然後徹底停在她的面前。後車窗被降下，許懷詩的腦袋探了出來：「真的是妳耶阮姊姊！妳怎麼在這裡啊？」

阮喻一愣，看見了駕駛座上的許淮頌。

她忙答：「我在叫車，準備去高鐵站。」

許懷詩招呼她：「那妳上車啊，我們送妳去！」

阮喻正猶豫，就見到前車窗也被搖了一下來，許淮頌面無表情地說：「這裡不能停車。」

她一連喔了兩聲，趕緊收傘過去，走到後座，卻見許懷詩擺了擺手：「後面坐不下啦！」

阮喻只好轉頭上了副駕駛座。

車是嶄新的，她拉開車門的瞬間就發現了，所以坐下後，更不好把濕淋淋、髒兮兮的傘放下來，以至於水珠全滴在她的裙子上。

許淮頌踩下油門，看她一眼：「隨便扔著吧。」

她嗯了一聲，說了句謝謝，然後不那麼隨便地把傘輕放到了腳下，又聽見他說：「安全帶。」

後座的許懷詩突然湊上前來：「哥，一般小說裡的紳士男主角，這個時候都會幫女主角綁安全帶的。」

「……」

阮喻乾笑一聲：「我自己來就行了。」說著，拉過了安全帶。

因為知道許淮頌為什麼會在蘇市，所以她從頭到尾都沒明知故問。片刻後，他一手打方向盤，一手打開置物箱，從裡面拿出一條乾淨的白毛巾遞給她。

她愣了愣才接過，又說了句謝謝，然後慢慢擦裙子上的泥漬和水漬。

許淮頌嗯了一聲，說：「先送懷詩。」

畢竟是蹭了人家的車，阮喻不好意思說如果是這樣，她可能會趕不上高鐵，只盤算著要是來不及就只好改車票了。

但當許淮頌把許懷詩送回家，卸下她放在後座的大包小包，再回到駕駛座的時候，她卻聽見他說：「不去高鐵站了，直接回杭市吧。」

阮喻多問了一句：「你也剛好回去嗎？」

「嗯。」

「那你吃晚飯了嗎？」

「到了再說吧。」許淮頌發動車子，頓了頓又偏頭問，「還是妳想現在吃？」

她搖搖頭：「我在賣場吃過下午茶，不餓。」說著拿出手機退了高鐵票。

天已經徹底黑了。道路兩旁的路燈散發著黃燦燦的光芒，紅紅綠綠的交通信號燈投射在擋風玻璃上，映得車內一片光影交錯。

大雨潑下，雨刷來來回回地重複著機械動作，把兩人之間的氛圍襯托得更加安靜，安靜到睏意開始滋長蔓延。

直到駛離燈紅酒綠的市中心，隱隱要打瞌睡的阮喻突然倒抽了口氣，打破了這種平和安靜。

許淮頌偏頭看了她一眼：「怎麼了？」

「你是不是無照駕駛啊？」

看她緊抓著身前的安全帶，一副人身安全受到嚴重威脅的樣子，許淮頌似乎笑了一下：

「現在才想到，太晚了吧？」

確實太晚了。阮喻也是瞥見前面那輛車貼著張「新手上路」的貼紙，才記起之前許淮頌因為沒有駕照，而叫劉茂送他去飯店的事。

她僵硬地扭過頭看他：「長途……這樣不好吧？」

許淮頌嘆口氣：「我考了。」看她滿臉質疑，又解釋，「用美國駕照換考國內駕照就行了。」

喔，怪不得這麼快。

阮喻放下心來，這才意識到許淮頌剛才是在開她玩笑？「高嶺之花」的玩笑？

她用餘光悄悄瞥他，辨別不清那副金框眼鏡後眼底的真實情緒，但好像心情不錯。

她又叮囑：「那還是別上高速公路了吧？」

許淮頌嗯了一聲，注意到她打了個哈欠，卻還強撐著眼皮緊盯路況，說：「我在美國開了八年的車。」

「嗯？」

「所以不用覺得現在閉上眼就沒機會睜開。」

「……」

阮喻乾笑一聲，覺得還不夠笑走空氣裡的尷尬，又乾笑了一聲。

被許淮頌酸真是太慘了。這一天天的，劉茂是怎麼忍的呢？但她這時候卻更不能睡了。生命安全一得到保障就闔上眼皮，不就坐實了她之前對他的懷疑？

於是為了緩解睏意，她掏出手機，想了想，傳了一條拍馬屁的朋友圈來彌補過失：『大雨無情，人間有情，向所有樂於助人的英雄致敬！』

配圖是《流星花園》裡的一張劇照截圖：道明寺在杉菜離開後，可憐巴巴地站在大雨裡，活活淋成「泡麵頭」的場景。

剛傳完，底下秒跳出來一條回覆，來自李識燦。自從上次的烏龍事件後，他就加了她的微信，不過這陣子也沒主動跟她聯繫。

看著那句『誰又被妳發好人卡了？』阮喻手指一頓，不知道回覆什麼，就傳了個表情，退出朋友圈後，看到訊息欄有一條新訊息。

來自千和影視編輯：溫香，妳真打算放棄這本書？寰視給了新價格，並且願意購買目前未完成的版本，請專業編劇續寫，後期不需要妳操任何心。

她看了一眼身邊的許淮頌，默默打字：不好意思啊，我真的不想賣這個ＩＰ。

對方很快回覆：妳不打算聽一下新價格？

軟玉：多少啊？

螢幕上跳出一串數字。一串很多零的數字。

阮喻的下巴差點掉到手機上。

許淮頌看她一眼，沒說話。

她轉頭把截圖傳給沈明櫻，得到了這樣的回覆：這樣都不賣，妳腦子進水了？就算不是為了錢途，也要考慮前途。網路小說圈妳能混一輩子嗎？妳遲早要走出去面向更多群體，或者轉型。跑跑片場不是比宅在家裡有意思嗎？

阮喻得承認，她有點心動。她也是個俗人，也在乎錢。之前放棄連載，已經損失了一大筆收入，並且為了跟出版公司解約，支付了不少違約金，哪能不心疼？

而且，她確實不可能一輩子當網路小說作家，掙脫瓶頸的機會已經擺在眼前。

她抓著手機，看向許淮頌：「許律師，我想請教你一件事。」

「嗯。」

「寰視有意購買我的ＩＰ，你覺得我該答應嗎？」

許淮頌沉默了一會兒，不答反問：「有什麼不答應的理由嗎？」

阮喻哽住。

唯一的理由還不是顧忌他。但仔細想想，直到現在他都毫無察覺，難道把書拍成電影就會讓他「恢復記憶」？

何況等電影上映，或許他們早就成了毫無交集的陌路人，沒關係了吧？

阮喻點點頭下了決心：「喔，那就賣吧。」

等她回完訊息，她難得地聽見許淮頌主動發問：「如果改編成電影，結局是什麼？」

阮喻心想她哪知道啊，笑了笑說：「現在很多改編都不尊重原著的，我也不一定有決定權。」

「原著呢？」

阮喻沉默下來。

按照她原來的構想，故事的最後，兩個文組班相約畢業旅行，女主角精心策劃了一場告白，打算在旅途中向男主角說明心意。可在她再三向朋友確認「男主角會來」的情況下，他還是失約了。

就跟現實一模一樣。

只不過小說裡，男主角的失約將被賦予某種理由，但現實裡，阮喻想，許淮頌不赴約，是因為對包括她在內的蘇市一中沒有任何留戀吧？

她把這個結局講了出來，問：「是不是有點虐？」

許淮頌握在方向盤上的手慢慢收緊，張了張嘴又閉上，最後嗯了一聲。

阮喻卻非常釋懷地笑起來：「但其實是個 Happy Ending。」

「怎麼說？」

「因為女主角會放下男主角的。」

這個世界上最難治癒的從來不是失戀，而是暗戀。因為在暗戀裡，你沒有努力過，沒有被拒絕過，你的所見所聞全都是那個人最美好的樣子，所以你將會永遠作繭自縛。可一旦你鼓起所有的勇氣去嘗試，卻被徹底打敗，那麼這場難以好轉的暗戀，也就成了能夠治癒的失戀。

世界很大，歲月很長。女主角會放下男主角的。

許淮頌有十幾秒的時間沒有呼吸。

車速表的指針劃過了「100」。

他忽然想起之前看見過的，一位作家對阮喻文字的評價：「三言兩語，從浪漫裡挖掘腐朽，又最終化腐朽為燦爛。這小女生的文字太通透了。」

是，她活得太通透了。她看似膽小，卻在明知他要赴美念書的情況下，不認為那是什麼無法逾越的障礙。她看似懷舊，卻沒有真正為過去的一切感到遺憾、後悔過。

「你超速了，許律師！」阮喻的高聲提醒打斷了他的思路。

他喔了一聲減速，良久後說：「製作方不會接受這個結局的。」

阮喻不明白他「意有所指」，非常認同地點點頭：「我也覺得。」

阮喻再次睜開眼時，外面的世界已經風清月朗。杭市沒有下雨，車停在了她家公寓樓下。

她迷迷糊糊地揉了一下眼睛，意識到自己剛才睡著了，而許淮頌安安靜靜地坐在駕駛座，並沒有叫醒她。

她驚訝地問：「我睡了多久？你怎麼不叫醒我？」

「剛踩下剎車準備叫妳。」

她疑惑地看了眼手機，發現明明已經很晚了，遠遠超過了車程所需的時間。

許淮頌瞥了她一眼，解釋：「路上塞車了。」

喔，原來是這樣。

她解開了安全帶，拉開車門說：「謝謝你許律師，那我先上去了，你回去的路上注意安全。」

許淮頌卻沒有應聲，頓了頓說：「我餓了。」

阮喻一腳踩歪，回過頭來，神情詫異。

這句「我餓了」，她怎麼硬生生聽出一種「我受傷了」的味道？

她反應過來：「喔，我睡糊塗了，忘記你還沒吃飯……那、那你要上去吃點東西嗎？」

許淮頌點點頭，跟著她下車。

第七章　高嶺之花中了邪

快要進入公寓大門的時候，路邊經過一群剛跳完廣場舞回來的阿姨，許淮頌突然從她右手邊繞到了左手邊，並且做了個抬手擋臉的動作，按了按太陽穴。

阮喻一頭霧水，看了一眼那群乘風而去的阿姨，問：「怎麼了？」

「沒事。」

他總不能說是怕被人認出自己是那晚的醉漢吧？

俗話說得好，一回生兩回熟。這次，阮喻少了一些拘謹，請他進來後甚至非常順手地拉開鞋櫃，拿出一雙拖鞋給他。自從之前李識燦和許淮頌接連來過後，她有次逛超市，就順手買了男式拖鞋，有備無患。

許淮頌的眼底浮現出笑意，在她轉頭進廚房的時候說：「先去換衣服吧。」

阮喻低頭看了一眼自己滿是泥漬的裙襬，叫他在客廳坐一會兒，轉頭進了臥室。關門的剎那，突然發現自己有點大意。一個大男人就隔在一門之外，她在這裡無憂無慮地換衣服？

這麼一想，她故意製造出連續咳嗽的聲音作掩飾，悄悄把門反鎖上，但門外的許淮頌還是聽見了一聲細微的「喀噠」。他愣了愣，被氣笑，然後起身離開沙發。

等阮喻出來，就見客廳空無一人，而許淮頌正在廚房的水槽前洗碗——是她今天吃完早飯，沒來得及洗的碗。一種強烈的罪惡感油然而生：看看，人家明明是這樣坦坦蕩蕩的正人君子！

她趕緊上前去：「你洗什麼碗啊？」

許淮頌放下幾雙乾淨的筷子，擦乾手說：「飯錢。」

就衝著他這不白吃午餐的態度，阮喻非常用心地煮了一碗湯麵，青菜、肉絲、蝦仁、蛋皮，這色澤搭配，比紅綠燈還有誠意。許淮頌吃完以後又要去洗碗，被她攔住：「你這手太嬌貴了，還是我來吧。」

「嬌貴？」他反問。

「偶像劇裡不是常說，彈鋼琴的手是不能受傷的嗎？」

「……」

許淮頌沒有問她怎麼知道他會彈鋼琴。不問也知道，肯定又是網路上有報導。

阮喻拿了碗筷去廚房，他坐在客廳若有所思，用手機傳了訊息給陳暉：幫我準備一架鋼琴。

陳暉：哇！頌哥，你還會彈琴？真是多才多藝啊。

許淮頌沒有回答，靠著椅背嘆了口氣。

不會彈了，八年沒碰，連五線譜都不太會認了。他考完了駕照，也是時候練回老本行了，然後還要一邊讀書、寫考古題，準備參加九月的法律特考。

她筆下哪個小說的男主角，活得像他這麼累？

他看了一眼時間，起身走到廚房，敲了敲門：「我回去了。」

阮喻正在洗碗，轉頭看了眼他，沖沖手說：「喔，好，我送你下樓。」

「……」

她還真的沒把他列在男朋友的「預備席」上，所以客氣成這樣。

他拒絕了這個貴賓級別的待遇：「不用。」說完沉默了一下，問：「大後天開庭吧？」

「嗯，對啊。」

「那天我在舊金山要出庭。」

阮喻覺得他今天話有點多，想了想才明白他委婉表達的意思。

他是想說，他沒辦法出席她的庭審了。

不過這有什麼，就算在，他也不可能坐上律師席。

她說：「沒關係啊，有劉律師呢。」

許淮頌嗯了一聲，轉頭換鞋出門，下了樓。

阮喻站在水槽前繼續洗碗，聽見樓下車子發動的聲音，朝下望了一眼，看著那輛卡宴緩緩駛出社區，在夜色裡濃縮成一個小點，最後徹底消失不見。

她的腦海裡，忽然浮上鄭愁予的一首詩——我打江南走過，那等在季節裡的容顏如蓮花的開落……我達達的馬蹄是美麗的錯誤，我不是歸人，是個過客。

阮喻低頭看了一眼手裡的碗，後知後覺許淮頌要回美國了，那麼，這是不是他們的最後一面？她把乾淨的碗筷收起來，轉頭窩進沙發躺下，聞見一絲若有若無的男性氣息，於是迅速爬起來揮揮手，企圖把它驅散。

氣息好不容易沒了，她滑開手機，卻見陰魂不散的許淮頌又點讚了她今天傳的朋友圈，有那麼點「我接受了妳的馬屁」的意思，點讚時間是一分鐘前。

一分鐘前？

她點開訊息視窗，傳訊息給他：許律師，你開車不要玩手機啊，現在警察抓這個抓得很嚴的。

許淮頌：知道了。

軟玉：那你怎麼還玩？

許淮頌：妳先傳訊息的。

軟玉：你可以先不回啊。

許淮頌就真的沒回覆了。

阮喻抓抓頭髮，得不到回覆的感覺，好像確實不怎麼樣……

她轉頭去浴室洗澡，洗完出來，又看了一眼手機。微信的圖示上有個紅色的「1」。

許淮頌：到飯店了。

她點進輸入框，斟酌了半天，最後只發出一個字：好。

兩天後，案子正式開庭。岑思思連答辯狀都沒提交，更不用說出庭了，本次開庭不過是走一次流程。證據齊全，被告又放棄申辯，一個星期後，法院宣判阮喻勝訴。

她把結果放上微博，徹底了結了這件事。

當天晚上，阮喻被劉茂約到市中心吃飯。

這頓飯，劉茂的說辭是慶功，她接受的原因，是為了感謝他這陣子的忙前忙後。至於許淮頌，她想他人在美國，所以在出發前傳了訊息給他，告知判決結果並跟他道謝。

許淮頌回過來的是語音：『我晚點也……』

話到這裡戛然而止，因為背景音裡插入一個女聲：『淮頌，你看……』

「看」字落，語音斷。

三秒後，這條語音訊息被撤回。

阮喻有點愣住，這是什麼情況？

她盯著手機靜靜等了幾分鐘，沒有得到回覆，就裝作沒聽到剛才的語音訊息，打字問：許律師，你撤回了什麼？

許淮頌：沒什麼。

然後就沒了一下文。

阮喻不知怎麼的，心裡悶悶的，以至於進到餐廳都有點心不在焉。

那個女聲聽起來很年輕，所以不是陶蓉。她叫的是「淮頌」，所以不是外國人。她的語氣很隨意，所以應該跟他很熟。那麼，這個人跟他是什麼關係？

到了案子塵埃落定，要結束一切交集的此刻，阮喻才意識到，這一個月以來，她從來沒了解過許淮頌單身與否。

現在仔細回想起來，當初跟他視訊時，有次他說要去做飯，結果走開沒兩分鐘就拿到了一盤義大利麵。那麼，這頓晚飯一定不是他自己做的，也就是說，他當時不是一個人在家。

再說那隻橘貓，他說自己不是貓的主人。她那時想，大概是朋友寄養在他那裡的，但現在想來，也說不定是女主人的？

阮喻細細回憶這一陣子的種種，越發覺得，自己當初在膽戰心驚的非正常狀態下，忽視了太多。

這時，劉茂在她面前晃了晃手，問她：「怎麼了？」

她回過神，發現自己已經遊魂似的在他對面坐了很久。負責點餐的店員在一旁笑望著她，似乎在等她給意見。

她低低啊了一聲，看了一眼菜單上打了一排勾，說：「夠啦，兩個人哪吃得完？」

劉茂一陣詫異：「兩個人？」

這回換作阮喻傻住：「不是嗎？」

「我剛才不是說，淮頌晚點也會來嗎？」

她竟然完全沒聽見。

她呵呵一笑：「我的意思是，我胃口小，可以忽略不計，你們倆哪吃得完這麼多？」

店員拿著菜單走了。

她為了掩飾尷尬，喝了一大口水，然後問：「他不是回舊金山了嗎？」

「昨天忙完那邊的案子又來了。」

「喔，挺辛苦的啊，他以前也經常這樣來來回回？」

劉茂笑了笑：「沒有，一年回來一次吧。」

「那他在美國……」

「成家了嗎？」這四個字還沒問出口，阮喻的手機就響了起來，是沈明櫻打來的。

跟劉茂打了個招呼後，她起身走到餐廳門口接起電話：「明櫻。」

話音剛落，就瞥見許淮頌的車停在門口。

但她沒來得及理會，因為沈明櫻的聲音聽起來很緊急：『妳快看微博！』

「怎麼了？」

『岑思思在直播自殺，網友說她是被你逼的！』

她驚得膝蓋一軟，一腳踩空，身後卻被一雙手適時地扶住。

許淮頌站在她面前，問：「怎麼了？」

她愣愣抬起頭，囁嚅道：「岑思思自殺了……」

在她公布判決書的今天，岑思思自殺了。

阮喻顫抖著手打開微博，發現直播內容已經被刪除，撥打岑思思的手機號碼，也是無人接聽。

「誰能聯繫上她的家人，妳仔細想想。」許淮頌依舊非常鎮定。

對，有一個人。

她撥了李識燦的號碼。電話馬上接通了，但李識燦的聲音也很不穩定，喘著大氣說：

『我已經知道了，聯繫了她爸爸，順利的話，她應該已經被送到市立醫院了。』

阮喻不清楚具體情況，問：「她是怎麼……」

『割腕吃藥，妳別著急，應該沒事。』

李識燦那邊聽起來也很混亂，掛斷電話後，阮喻看著腳下的臺階發呆，遲遲沒回過神。

她手機的音量調得不低，許淮頌聽見了李識燦的回答，沉默了片刻，說：「走吧。」

阮喻抬起頭來：「去哪裡？」

「市立醫院，第一時間知道結果，比站在這裡乾等好吧？」

阮喻跟許淮頌上了車，來到了市立醫院。

市立醫院看起來很平靜，並沒有因為接收一名自殺的患者就起驚天駭浪。

但聞著濃重的消毒藥水味，阮喻的腳步卻重得拖不動。

許淮頌叫她在一旁等，自己上前詢問護理師，還沒問出個結果，就聽醫院大門的方向傳來一陣嘈雜聲。

他和阮喻同時回頭，發現一堆記者舉著攝影機和麥克風，正簇擁著一個戴口罩的男人，並七嘴八舌地提問著。

阮喻一眼就認出，被圍在當中的那個人是李識燦。李識燦也看見了站在大廳燈下的她，飛快拿出了手機。五秒後，阮喻的手機一振，收到了他的訊息：『別在這裡，走。』

許淮頌一眼瞥見這條訊息，皺了皺眉，在記者如潮水般湧入大廳的瞬間，拉過阮喻就往醫院後門走。阮喻被他扯得踉踉蹌蹌，但腦子還在飛速旋轉。

電光石火的一剎那，她好像明白過來，在靠近停車場時停下腳步：「李識燦這是要引導輿論？」

不管岑思思有沒有被救回來，按照輿論的態勢，阮喻這個原本的受害者，多半會被炮轟成加害者。所以李識燦打算跟記者公開他和岑思思的糾葛，把鎂光燈吸引到自己身上。一個人氣明星的吸引力，可比她一個小小的網路作家大多了。

許淮頌沒有說話，似乎是默認。阮喻傻傻地眨了兩下眼，抽走被他牽住的手，轉頭就走。

他追上去把她拉回來：「妳要幹嘛？」

「不能讓他自毀前程吧？」

對她來說，溫香不過就是一個筆名，就算這個筆名毀了，她還是阮喻。可是李識燦就是李識燦啊。

許淮頌吸了一口氣，抓著她的手腕說：「他是成年人了，該為、也能為自己的行為和決定負責。」

兩人無聲地僵持了兩分鐘，隱隱聽見李識燦正在回答記者的問題。阮喻嘆了口氣。

許淮頌鬆開手，垂下眼：「對不起。」

阮喻並沒有聽懂這句「對不起」背後的含義，低頭看了看自己被抓紅的手腕，說：「沒關係。」

兩人回到車裡等消息。

半個鐘頭後，李識燦傳來訊息：『人脫離危險了，記者也都被轟出了醫院。妳在哪裡？我來找妳。』

阮喻看了一眼許淮頌：「他要來找我。」

他嗯了一聲，發動車子：「報我的車牌號碼，讓他的助理把保姆車先開出去，他自己走逃生樓梯到地下停車場。」

車子迂迴駛往地下停車場。李識燦一個人來了，還換了一身打扮，坐進許淮頌的後座。車門關上的一剎那，車內氣氛異常凝重。

阮喻扭過頭，一時竟然不知道開口說些什麼。

還是李識燦樂呵呵地說：「人救回來了，妳還這副表情幹什麼？妳以為，真想死的人能這麼大張旗鼓地開直播？」

阮喻當然明白這個道理，但她還是擔心地問：「那你怎麼辦？」

「她策劃已久，就是為了把妳和我先後拉下水，我本來就沒辦法獨善其身，倒不如將計就計，不遮不掩，先一步控制輿論。」

她皺了皺眉，還想說什麼，卻看李識燦把頭轉向了許淮頌：「這位是許律師吧？」

「嗯。」

「當初人肉岑思思那件事，原來不是你做的？」

許淮頌搖頭：「不是。」說著透過後視鏡，對上了他的眼神。

四目相接，兩人都明白了究竟。

其實，當初李識燦只做了微博長圖及控制部分輿論，並沒有肉搜出蘇澄是溫香學妹這件事。

那天在影片中看見許淮頌，他猜這個人跟阮喻的關係非同一般，又聽到她叫他「許律師」，於是聯想到，曝光事件是他的手筆。之後被阮喻詢問，李識燦見她不知情，出於一種「不願為他人做嫁衣裳」的隱密心情，就吞吞吐吐地沒有說清。

而許淮頌呢，也在那天查證了李識燦的身分，過後自然以為網路上的一系列動作都是他的意思。而他也同樣出於「不願為他人做嫁衣裳」的理由，沒跟阮喻深入討論這件事。

結果到頭來，原來是岑思思人肉了自己，為的就是提早營造出受害者的形象，做好鋪陳，再在判決書下來的這一天大鬧一場。

許淮頌和李識燦無奈地對視一眼。不知內情的阮喻還有點茫然，但兩人顯然都沒打算解釋。

李識燦先開口：「不要緊，小事情，我的團隊會解決這件事，妳早點回去休息，這幾天就別看微博了。」

阮喻點點頭。

在李識燦離開後，她感到身心俱疲，倒頭靠在椅背上。

許淮頌沒說話，把車開出停車場，往她公寓的方向駛去。到了她家樓下，卻看見一輛寶馬停在那裡。

阮喻剛拉開車門下去，就聽許淮頌說：「等等。」

她頓住腳步，看見他鬆了安全帶下車，與此同時，從那輛寶馬車的駕駛座也下來一個男人。對方幾步走到她面前，問：「是阮小姐嗎？」說完，指了指寶馬車後座上的人，「岑小姐的父親想跟您談談。」

許淮頌繞到她的身前：「有什麼話可以跟我談。」

對方露出疑惑的表情：「您是？」

「我是她的律師。」

司機回頭看了一眼車上的人。岑榮慎點點頭，從後座下來，拐杖點地，緩緩踱到兩人面前站定，腳步沉重，氣勢迫人。

阮喻下意識地往許淮頌的身後躲了一小步。

但下一刻，預料中的對峙並沒有發生，這個年過半百的男人向他們鄭重地一鞠躬，足足有九十度，然後直起身子說：「阮小姐，非常抱歉給妳造成困擾，我替思思向妳致歉，同時也要作為思思的父親向妳致歉。是我平時對她疏於關心和管教，才造成了今天這樣的局面。」

阮喻沒想到會是這樣的場面，一時沒接話。

許淮頌讓開一步，沒再擋在她面前。

岑榮慎向他點了一下頭，似乎是表示謝意，接著說：「我也是今天才得到診斷報告，確認思思患有嚴重的精神疾病，所以她經常有偏執、偏激的行為，不是針對妳。當然，和妳說這些，並不是希望得到妳的同情或理解，錯了就是錯了，妳有權利究責，岑家也有義務賠償。我只是認為，妳應該得到這些交代。」

阮喻的目光閃爍了一下，沉默了一下，點點頭說：「謝謝您。」

岑榮慎笑了笑，想來平時是不怎麼笑的人，所以這麼一扯嘴角，還顯得有點怪異。

他說：「判決書上的賠償協議我已經了解，此外，我願意再支付妳一筆精神損失費，或者，妳還需要什麼別的補償？」

阮喻搖搖頭：「我只希望把這件事的影響降到最低，我，還有李識燦的生活都能儘快恢復如常。」

「這個不用妳開口，是應該的。」岑榮慎這回笑得自然了點，「識燦這小子，也是個倔脾氣……你放心，我會配合他澄清事實真相，必要時也願意公開思思的病情。」

說到這裡，岑榮慎看了一眼許淮頌，大概是在徵求他的意見。

許淮頌和煦地笑了一下，說：「關於賠償我沒有意見，只是冒昧請問岑先生，您今晚是怎樣找到這裡的？」

岑榮慎一頓，搖搖頭示意自己糊塗了：「老了，記性不好了，忘了最重要的一件事。我來這裡，也是為了提醒阮小姐，妳的住址是我在思思的筆記本上發現的，我不清楚她是否還有其他偏激行為，這兩天會確認她近來所有的對外聯絡紀錄，以便調查。安全起見，希望妳暫時不要住在這裡，因此造成的費用，我願意全力承擔。」

阮喻抬頭看了一眼公寓302室漆黑一片的窗子，克制住害怕的心情說：「好。」

岑榮慎跟兩人點頭道別，轉身上車走了。

阮喻還沒從他最後的話裡回過神來，就聽許淮頌說：「走吧，上樓拿點衣服。」

「嗯？」

「先去我那邊吧。」

阮喻全程處於出神的狀態，機械式地聽從了許淮頌的一切安排。等拎著包到了飯店，房門被房卡刷開，傳來滴的一聲響，她才從今晚的混亂中徹底回過神來，震驚地說：「我為什麼不住明櫻那邊？」

許淮頌一臉「妳問我，我問誰」的表情看了她一眼。說曹操，曹操到。沈明櫻打電話來問：『人怎麼樣了？』

「沒事了。」

『妳回家了嗎？』

「家裡可能不安全，我沒回去。」

『那妳在哪裡？妳來我這裡啊，我把我男朋友轟出去。』

阮喻沉吟了一下，眼睜睜看著手裡的包被許淮頌抽走，提進了門，只好先跟他走了進去。房門被啪嗒一下闔上，沈明櫻敏銳地說：『妳住飯店啊？』

「嗯。」她掙扎了一下，拿遠手機，看向轉身拿起水壺的許淮頌，「要不然我還是去明櫻那裡住吧？」

他瞥了她一眼：「我開了一整晚的車了。」言下之意，累了。

他說完就去煮水，與此同時，沈明櫻的聲音從手機話筒裡炸出：『媽呀！男人！阮喻妳終於覺醒了啊！』

阮喻趕緊捂緊手機，小聲說：「不是妳想的那樣。」

『不，我希望是我想的那樣。是劉律師嗎？妳不是跟他去吃飯了？』

她怕這時候說出是許淮頌，沈明櫻會連珠炮地質問她，只好說：「我明天跟妳解釋。」說完掛斷了電話。

四周歸於寂靜，阮喻站在原地，仔細環顧了一圈。

這是個高級套房，客廳和臥室被隔成兩間，客廳的東側闢出了陽臺和料理臺，陽臺上甚至還有一架鋼琴，算得上是簡易公寓了。大概是許淮頌前陣子長期居住的地方。

阮喻走到料理臺邊，說：「我還是去樓下問還有沒有房間好了……」

許淮頌蹲下來打開冰箱門邊說：「我會去的。」

她摸摸鼻子，不好意思地喔了一聲：「那我自己出錢。」

許淮頌抬眼瞥她，沒接話，反問：「妳要吃點什麼？這裡只有調理包。」

她這才反應過來自己還沒吃晚飯，但可能是餓過頭了，毫無食欲，說：「什麼都行。」

許淮頌拿出一盒微波米飯和一袋調理包咖哩，幫她熱好，然後帶走了筆記型電腦和一個貓籃。

阮喻的目光落在貓籃上，往裡看一眼，發現有隻小橘貓在睡覺。她壓低嗓門，用氣音說：「你把貓帶來了啊。」

跨國運貓得辦不少手續，他還真是不嫌麻煩。

許淮頌點點頭，走到門口又回頭交代：「床單和洗漱用品都是新的。我晚上不睡，有事叫我。」

她嗯了一聲，在他走後胡亂扒了幾口飯就累得洗澡上床了，但真要睡時，又陷入了疲憊到極點反而無法入眠的狀態。其實她有點認床。

阮喻摸出手機，避開微博圖示，點開了微信，滑了一圈，不知不覺轉到了許淮頌的對話視窗。

游標一閃一閃地，她輸入：許律師，忘記跟你說謝謝了，今天多虧了你。

許淮頌：沒事。

軟玉：那我睡了，你夜裡要是需要拿什麼東西，可以叫醒我。

許淮頌：晚安。

阮喻愣了愣，許淮頌居然還會跟人道晚安啊？

她回覆：晚安。

許淮頌：睡吧。

咦，這怎麼這麼像她以往在小說裡塑造的那種，絕不讓女方結束對話的三好男主角？這朵「高嶺之花」今天中了什麼邪？

她想了一會兒，腦袋漸漸發沉，終於睡了過去，等再醒來，卻像被鬼壓床過一樣，難受得透不過氣，無法動彈。

臥室裡還是漆黑一片，她拿起手機看了一眼，發現是淩晨兩點。掌心和手機的溫差很快讓她意識到，自己發燒了。這一個月來的所有壓力，終於在今晚這場鬧劇的刺激下徹底爆發。

她幾乎沒力氣說話，只覺得渴得發慌。阮喻掀開被子下床，費力地走到客廳找水，看見礦泉水又怕喝冷水會加重病情，於是轉頭再找水壺。可是水壺不知道被放到哪裡了，她頭昏眼花的，找半天找不到。

想起許淮頌說過他不會睡，她拿出手機勉強打字：許律師，你把水壺放在哪裡？

許淮頌：應該在櫥櫃第二層，沒有？

她蹲下去翻水壺，剛拿到，倒了水插上電，房門外響起一聲「叮咚」，與此同時，她再次收到訊息：是我，開門。

阮喻腦袋發暈，拖著腳步過去拉開房門，啞著嗓子說：「我找到了，不好意思麻煩你了。」

許淮頌卻一眼看出她的臉色不對勁，下意識伸手探了一下她的額頭，然後皺了皺眉，關上門進來：「發燒了怎麼不說？」

她喉嚨冒煙，不太能說出話，擠出一句：「沒事。」

許淮頌叫她坐到沙發上，回頭去翻行李箱，拿出耳溫槍在她耳邊測了一下，看見數字顯示「38.5」後，眉頭皺得更厲害：「我送妳去醫院。」

阮喻搖搖頭：「掛急診太麻煩了……」她現在只想喝水然後倒頭大睡。

許淮頌嘆了口氣，扭頭打電話，大概是打給櫃檯，叫人送什麼東西來。

阮喻看他在忙，就自己起來去倒水，走到一半被他一把攔住：「坐回去。」

她就又倒頭癱回了沙發，眼看他把調好水溫的水餵到自己嘴邊，來不及顧忌什麼就低頭去喝。一杯下肚，她聽見許淮頌問：「還要嗎？」

她搖搖頭，在沙發上縮成一團。

許淮頌到臥室拿了條毯子幫她蓋上，又開門去拿退燒藥和退熱貼，但就這麼一來一回的工夫，卻看她歪在沙發上睡著了。

他把她扶起來，原本是要叫她吃藥，沒想到她出於慣性一倒，就這麼倒進了他的懷裡。她滾燙的臉頰隔著襯衫貼在他的胸膛上，一下把他也燒旺了。

許淮頌的心臟跳得太響了，響到他擔心她可能會被吵醒。

他深呼吸一下，一手拿著倒好藥水的量杯，一手軟軟地攬住她，生平第一次認真地叫出她的名字：「阮喻。」

她好像是聽見了，皺了皺眉，但依舊半夢半醒地沒有睜開眼。

他只好把量杯湊到她的嘴邊，說：「把藥喝了。」

她果然殘存了一點模糊的意識，抿抿唇喝了一下去。

許淮頌放下量杯，想把她放倒回沙發，又像貪戀什麼似的，遲遲沒有動作。最後，他低下頭，下巴抵在她的頭頂說：「我想抱妳回房，可以嗎？」

阮喻睡著了，自然沒有答話。

他的喉結滾了滾，一手托起她的小腿肚，一手攔腰把她打橫抱了起來。從客廳到臥室的一小段路，他走得很慢很慢。理智告訴他，乘人之危不是正人君子，可腦子裡卻有另一個聲音叫他做小人。

直到發現阮喻在他懷裡縮成一團，似乎覺得冷，他才加快腳步，把她放回了床上，替她蓋好被子，再低頭看一眼自己皺巴巴的襯衫——她的臉貼過的位置，忽然覺得悵然若失。

許淮頌拿來退熱貼，貼在她的額頭上，然後在床邊坐了一下來。壓抑了一晚上的心事，就這麼毫無徵兆地決了堤。

他想，他能想像李識燦那樣的人是怎樣喜歡阮喻的。

那個人就像一名衝鋒陷陣的射手，沒有迂迴曲折，沒有彎彎繞繞，一記又一記地射出直球，哪怕不得分也樂此不疲。

可是他不一樣。

他始終站在場外遠遠地觀望，設計著這個環節該運球過人，那個環節該密集防守，模擬著怎樣突破更能萬無一失。所以結果是，這麼久了，他還停在原地。

他不敢輕易嘗試射門，不敢輕易說出那句話，是因為他只給自己一次機會。如果被拒之門外，他想，他可能不會有勇氣嘗試第二次。

其實他並沒有表面上的強勢。步步為營，是由於內心怯懦。

也許阮喻的讀者，都好奇著男主角缺席那場旅行的原因，想像著背後有一個多麼令人心酸的誤會或苦衷。但實際上，根本沒有什麼特別的理由。

上高中時，爸媽鬧離婚鬧得撕破臉，爭奪著一兒一女的撫養權，最終協商決定一人一個。爸爸要到美國定居，妹妹偷偷哭著跟他說，她不想跟爸爸去。

那麼他去。

他知道自己是要離開的人，所以不可能跟阮喻說：「雖然我高中畢業後就要定居美國，但妳能不能跟我在一起？」

當時的他根本沒有能力決定自己的生活，所以他說服不了自己，僅僅因為自己一點單薄的喜歡就去影響一個女孩子的未來。

那場畢業旅行是他主動放棄的。

他不喜歡告別，不喜歡充滿儀式感的最後一面，不喜歡嘗一點甜頭，然後在無限沒有她的時光裡，去品味無止境的苦澀。

「如果不能全給我，就全都別給我」——就像張惠妹的歌裡唱的那樣，許淮頌就是這樣的人。

高中三年，他唯一的失控，只有十八歲的那場元旦跨年煙火。

許淮頌靜靜地望著在床上蜷縮成一團的人，忍不住伸出手靠近了她的臉頰。

但他的手太冰了，阮喻在睡夢中也感到了寒意，一下偏頭躲開。

他的手僵在那裡。

不知過了多久，寂靜的房間裡響起一句嘆息般的低喃：「妳能不能……再喜歡我一次？」

阮喻是在震驚中醒來的。

她隱約記得自己作了個夢，夢中她置身於火海，腳下是一道裂縫，裂縫盡頭是一片白茫茫的冰天雪地，許淮頌站在那裡，伸手過來摩挲她的臉，問她：「妳能不能再喜歡我一次？」

她腦子裡轟的一聲響，從被窩裡鑽了出來。

這是什麼比《聊齋志異》還詭異的夢？她是鬼迷心竅了啊！

阮喻呆坐在床上很久，直到斷成兩截的記憶被拼接到一起，她才意識到，原本該在沙發的自己回到了這裡，而現在，天已經亮了。

那麼，問題來了。

她環顧了一圈，沒察覺到人的氣息，她換好衣服，躡手躡腳地下了床，卻翻來覆去沒見到拖鞋，只好光腳踩著地毯走了出去，悄悄移開一道門縫往外探看，忽然聽見喵的一聲。

她低下頭，看見那隻橘貓窩在門前，正仰著腦袋委屈巴巴地望著她，好像是餓了。

阮喻直覺地蹲下來要揉貓，手剛伸出去卻又頓住：「我剛退燒，還是不摸你了。」說完又念頭一轉，「喔，你是不是聽不懂中文？I mean that I'm sick.Emmmmm,where is your...」

她已經多年不用英語，「your」了半天，沒想起「主人」該怎麼表達，猶豫地接上：「your daddy？」

「在這裡。」忽然，一雙鞋撞進她的視線裡。

阮喻一僵，緩緩站起來，看見許淮頌一手拿著一杯水，一手端著一個盤子，站在她面前，看起來有那麼一絲無奈。

她覺得，他似乎在克制著自己不要對她發出「妳是不是燒傻了」的質疑。

許淮頌垂眼看見她光著的腳，把水和早餐放在茶几上，去沙發邊拿她的拖鞋。

阮喻的呼吸一下子停住。

不用問了，不用問她是怎樣回到床上的了。拖鞋在沙發邊，還有什麼別的可能？

許淮頌彎腰把拖鞋放在她跟前，然後走開去拿耳溫槍：「來吃早餐吧。」

她套上拖鞋，說：「許律師，昨晚給你添麻煩了，謝謝你把我扛進去。」

作家就是不一樣，用詞精准到位，一個「扛」字就把所有旖旎的可能全都消除乾淨。

許淮頌當然不至於強調是「抱」，拿耳溫槍在她耳邊按了一下，看見「37.0」後，轉頭用筆在便條紙上記錄了一下來。

阮喻愣了愣，湊上去看，發現紙上密密麻麻的一排數字：「3:00——38.2；3:30——37.8；4:00——37.5；4:30——37.3……」

她磕磕巴巴地問：「這……這是什麼？」

她不是有意明知故問，而是太驚訝了，才這樣脫口而出。

「退燒藥退燒效果的研究報告。」在她瞠目結舌的時候，許淮頌補上一刀，盯著她說，「妳信嗎？」

當然不信。

阮喻乾咽了一口口水，避開他的視線，撥撥瀏海在沙發上坐下，低頭拿起盤子裡一顆奶黃包塞進嘴裡壓驚。

她覺得這氣氛莫名地有點詭異，有點像她作的那個荒唐的夢。

沉默中，小橘貓喵嗚喵嗚地過來，要搶她手裡的早餐。

她正準備掰下一塊給牠，就看許淮頌蹲下來一把抱起了牠說：「你的早餐不在這裡。」說著把牠帶去了料理臺。

她嚼完一個奶黃包，沒話找話：「牠叫什麼名字啊？」

許淮頌正倚著料理臺餵貓，回頭說：「Tiffany。」

這是把貓當女朋友養了？

見阮喻噎住，他又解釋：「不是我取的。」

喔，對。她又記起那個沒弄清楚的問題了。

她想了想問：「你把貓帶回來，貓主人不無聊嗎？」

許淮頌的目光掃了過來，眼底從原先的淡漠到現出星星點點的笑意，說：「牠還有Judy、Amy、Nalani。」

「這麼多啊……」阮喻乾笑一下，埋頭繼續啃奶黃包，過了一會兒，聽見許淮頌手機響了。

他接通語音通話，說的是英文。

阮喻的英語聽力嚴重退化，豎著耳朵聽了半天，仍是只聽出幾個破碎的單詞。

許淮頌掛斷後解釋：「家裡漏水了。」

「那怎麼辦？」

「沒事，家裡有人。」

阮喻默默喝了一口水。

猜想得到了證實，果然許淮頌不是單身吧。那她還作了那種違背道德的夢……

她加快了吃早餐的速度，狼吞虎嚥完起身說：「許律師，謝謝你的早餐，打擾你一整個晚上了，我先走了。」

許淮頌放下貓說：「等我五分鐘，處理完家裡的事，我送妳。」

「不用不用。」她擺擺手，「我退燒了，自己搭計程車就行。」說完轉身去臥室拿包，有那麼點落荒而逃的架勢。

許淮頌沒有阻攔，在外頭打開電腦，撥了一通視訊。

阮喻一出來，就瞥見他的電腦螢幕上出現一顆黑到反光的腦袋，同時傳來一句熱情洋溢的『Hey!Hanson!』

是一個牙很白的黑人小哥。

許淮頌回頭看了她一眼，不慌不忙地對著鏡頭，一詞一頓地說：「Where is the water

leaking from?」

這回阮喻聽清楚了，他在問，水是從哪裡漏出來的。

所以，他說的「家裡有人」是？

許淮頌又回頭說：「我室友。」

阮喻呵呵一笑：「喔……」

許淮頌對著電腦沒說兩句就掛了視訊，然後拿起桌上一疊資料說：「走吧。」

「你不睡覺嗎？」阮喻跟在後面問，「疲勞駕駛很危險的。」

她真是交通規則意識非常強的好市民。

「我休息過了。」許淮頌把手裡那疊資料遞給她，「妳翻一翻，感興趣的話，現在順便去看看。」

阮喻一頭霧水地接過資料：「看什麼？」

「看房子。」

他說完就拉開了房門。阮喻抬起頭，一眼看見門外站了個身材高挑的女人，一隻手抬在半空中。

她一愣，對方好像也有點錯愕，卻很快就恢復自然，垂下手跟許淮頌笑著說：「真巧，我剛要敲門。」

幾乎是一瞬間，阮喻就認出這個聲音。

此刻，一身乾淨俐落職業裝，站在房門外的，就是那條被撤回的語音訊息裡，跟許淮頌說話的女人。她說完話後，目光在阮喻身上一落。

許淮頌順勢側身讓開一步，做個手勢跟她介紹：「阮喻。」再跟阮喻說，「我在美國的同事，呂勝藍，呂小姐。」

「妳好。」

「妳好。」

兩人點了個頭互相致意，阮喻心裡閃過一絲微妙的奇異感。按商務禮儀講，許淮頌這介紹順序，好像把親疏關係弄反了吧？

許淮頌卻似乎沒有意識到這點，神情毫無波瀾地問呂勝藍：「什麼事？」

她拿起手裡一個醫用紙袋晃了晃：「聽櫃檯說你半夜要了退燒藥。」

許淮頌沒有接受也沒有拒絕，轉頭問阮喻：「要帶點藥回去嗎？」

「不用啦，謝謝。」阮喻擺擺手。

他朝呂勝藍點了個頭。

呂勝藍彎彎眼睛一笑：「那你們忙，我回房間工作。」

許淮頌再次點頭後，一邊關上房門往電梯走，一邊跟阮喻解釋她手裡的資料：「搬家是必要的，我昨晚聯繫劉茂，叫他推薦了幾間房子，暫時選出了這兩間。」

阮喻有點驚訝，愣了愣後趕緊道謝，又聽他說：「離這裡不遠，妳不累就去看看。」

房子確實該儘快換了，她現在的身體狀態不錯，又不好辜負兩個律師半夜替她找房子的好意，於是答應下來。

許淮頌的標準相當苛刻，精挑細選後剩下的房子，基本上都到了只需要做最後一步確認的程度。

第一家是棟十一層的住宅，設施、環境都很不錯，房子的CP值在杭市這個地段高得出奇，唯一讓人懷抱疑慮的是，男房東在看見兩人時表現得很冷淡，跟誰欠了他一張黑金卡一樣。

阮喻倒不在意這個，但許淮頌僅僅禮貌性地轉了一圈，就叫她走了。

下樓後，她奇怪地問：「我覺得房子不錯，房東不熱情不是反而叫人安心嗎？」

許淮頌揚了揚眉：「妳沒發現是因為我在？」他把手機滑開給她看，「昨晚房東可不是這個態度。」

阮喻湊過去看他的訊息紀錄，發現許淮頌全程以她的口吻——一個單身女性的身分跟房東交涉，而那時候的房東，甚至熱情到傳了表情符號。

她點頭如搗蒜，一臉「你說得對」的表情，下一秒就見他手機螢幕上跳出房東傳來的新訊息：小姐，我這房子是租給單身女性的，就是怕你們這樣的小情侶玩起來沒分寸，妳昨晚不是跟我說妳符合條件嗎？

看得出來，擔心小情侶乾柴烈火搞破壞什麼的，只是男房東遮羞的藉口。

許淮頌無聲冷笑著打字：不好意思，我淩晨脫單的。

房東：那妳什麼時候單身了再來租，我幫妳留著。

許淮頌：謝謝，下輩子吧。

阮喻：「……」

從昨晚到現在，許淮頌怎麼一直這麼奇怪呢？

他好像一下子話多了起來，而且突然對她好得出奇。

她沉默了一會兒，鄭重仰起頭，盯住他：「許律師，冒昧請問一句。」

「什麼？」

「你……你是不是……」她頓了頓，似乎有點難以啟齒，「我的意思是，你有沒有可能……」

許淮頌的目光閃爍了一瞬，心臟劇烈地跳動起來。他昨晚才下定決心，要開始慢慢學著打直球，難不成今天就要說出心意？

就在他的心跳快要到炸裂的臨界點時，阮喻眼一閉心一橫地接了一下去：「和誰交換靈魂了？」

「……」

許淮頌的臉瞬間黑了。

阮喻趕緊擺手：「不好意思不好意思……我唐突了。」說完非常羞愧地背過了身。

許淮頌在她的身後調整了一下呼吸，說：「上車，去下一間。」

阮喻回過身，小心翼翼地瞧他一眼，喔了一聲。

許淮頌開車往下一家去。

這次是在一棟二十來層的高層住宅裡，與阮喻原先的公寓只隔了一條大馬路，在地理位置上就先得到她的好感，而且高層住宅的保全也比原先的舊社區好很多。

許淮頌裡裡外外看了一圈後，希望房東太太出示一下證明文件。

對方倒也不介意他的謹慎，配合地拿出了證件。

許淮頌向她道謝後，表示考慮一下，再次叫走了阮喻。

等電梯的時候，她小聲問：「這間好像可以？」

他點點頭：「可以保留，讓劉茂再打聽打聽別的。」

阮喻嗯了一聲，跟他進了電梯。

電梯裡面還有一個從樓上下來的、濃妝豔抹的年輕女孩，電梯門一闔上，一股濃郁的香水味瞬間撲鼻而來。

因為味道過於刺激，阮喻忍不住打了個噴嚏。

許淮頌稍稍側偏身體，不動聲色地替她擋住氣味的來源，雖然並沒有太大用處。

她感激地看了他一眼，因為香水味太難熬，就一直盯著電梯面板上跳動的黃色數字。

「11」

「10」

「9」

「8」

「8」

「8」……

「咦？」她剛發出疑問，許淮頌也發現到了不對勁，下意識地扶上她的肩。

第八章　妳想要有男朋友嗎？

下一刻，電梯大力地震動了一下，連頭頂上的燈都熄滅了，狹小的空間陷入一片死寂。

緊接著，另一邊的年輕女孩啊地驚叫一聲。阮喻原本也想尖叫的，但她現在叫不出來了。攬在她肩頭的那隻手，超過了電梯故障帶給她的震撼。她大腦缺氧，呼吸困難，手腳顫抖。

許淮頌以為她是害怕，反而把她護得更緊了，然後另一隻手不慌不忙地，憑藉著緊急指示燈的照明，按下了報警按鈕。

電梯卻突然往下滑了一截。這下，阮喻和那個女孩同時叫出了聲。

許淮頌剛想說「沒事的」，就聽那個女孩開始哭，一邊緊抓扶手一邊嚎叫：「嗚哇，我的媽呀，我還沒談過戀愛，沒跟男人牽過手、接過吻就要死了，到死都是電燈泡啦，嗚哇！」

阮喻：「……」

不知道解釋一下她不是電燈泡，這女孩會不會好受一點？

許淮頌的耳膜都快被震破，過了一會兒，抬手想再按一次報警鍵，卻被那女孩阻止：

「不可以！會摔下去的！」說完衝到門邊，「還是破門吧！」

「這位小姐。」他忍耐著說，「理論上來說，電梯摔下去的可能性只比一般人買樂透中頭獎的機率稍微大一點，破門才更容易讓人體對半分離。」

阮喻抖了一下，清清嗓子：「你別嚇她了……」

對面的女孩又哇哇哇地叫了起來。

擔心許淮頌被魔音穿耳，阮喻趕緊安慰：「小妹妹，別哭了，其實我也還沒有交過男朋友呢，我都二十六了……」

「真的嗎？」她說著看了一眼許淮頌護在阮喻肩頭的手，又鬼哭狼嚎起來：「那妳好歹還有人追，嗚哇……」

追？

還沒來得及深思這個字，電梯門緩緩開啟，外界的光亮瞬間湧入電梯間，房仲鬆了口氣，上前來：「先生、兩位小姐，你們沒事吧？」

許淮頌看了一眼身後兩腿抖個不停的女生，說：「我們沒事，那位小姐可能有事。」說完帶著阮喻走了出去。

其實阮喻的腿也是軟的，但還好有個比她膽子更小的，相較之下，才沒讓她在許淮頌面前丟臉。

走到光亮處，她脫離了他的人工支撐，低著頭，露出頭頂說：「謝……謝謝啊。」

許淮頌沒接話，開始接受房仲的詢問，向隨後到來的維修師傅說明情況。

阮喻正想回頭安慰一下剛才那個女生，卻見她突然想起什麼似的，猛一拍手：「哎呀，糟了，我還要去寰視試鏡呢！」說著抹了一把臉，帶著一手背的睫毛膏拔腿就跑。

「哎……！」阮喻追出幾步，想提醒她妝花了，結果沒趕上，只好隨緣了。

插曲很快過去。回到車上，兩人誰也沒提在電梯裡的事。

許淮頌把阮喻送到了沈明櫻家樓下。臨別的時候，阮喻問他：「你有沒有支付寶帳號？」

「做什麼？」

「給你房租。」

許淮頌頓了頓：「先記著我手機號碼，之後我去申請。」

「你辦手機了啊？」

「嗯。」

阮喻記下他的號碼，備註為「許律師」，拉開車門準備下去的時候，突然聽見他問：「妳想要有嗎？」

「啊？」她一頭霧水地停住，「有什麼？」

她不是已經有他手機號碼了嗎？

許淮頌沉默了一下，搖頭示意沒什麼：「進門傳個訊息給我。」

阮喻低低喔了一聲，一路神遊天外，細細琢磨著那句「妳想有嗎？」到底是什麼意思，上樓後，等沈明櫻開了門，一把抓住她的手臂就問：「明櫻，妳想有嗎？」

沈明櫻滿頭問號：「我不打算生孩子啊，怎麼了？」

「啊！」阮喻短促地驚叫一下，自言自語地說，「是這個意思嗎？可是他為什麼問我想不想要孩子呢？」

沈明櫻的眼珠子差點翻出眼眶：「他昨晚在床上問妳的？」

阮喻嚴肅地搖搖頭：「不是，是剛才在車上。」

「媽呀，都這麼激烈了？」沈明櫻扶著阮喻的肩把她從上到下打量了一遍，「他沒戴套啊？」

「……」

阮喻還沒來得及解釋，手機忽然響了。

許律師來電。

她怎麼又把他給忘記了！

她趕緊接通：「我到了我到了，忘記跟你報平安了……」

『那我走了。』

他還沒走？

阮喻一愣，衝進沈明櫻家，打開陽臺窗戶趴著向下望，正好對上許淮頌的目光。

他已經下了車，正仰頭看著上面，看樣子是因為她沒及時報平安，所以打算上來。

電話裡傳來一句：『別探出來。』

阮喻縮回了頭。

倒是沈明櫻好奇巴巴又湊出頭去看，跟許淮頌來了個驚天地泣鬼神的對視。

阮喻生怕她驚叫出許淮頌的名字，一個字都來不急說就掛斷了電話。

下一秒，沈明櫻果然啊了一聲，呆呆地俯瞰著樓下，直到那輛卡宴消失在視野裡，才回過頭說：「我可以爆句粗口嗎？」

阮喻知道她大概是再也忍不住了，癟著嘴說：「妳爆吧……」

「我×！跟妳開房間的是許淮頌啊？」

4

在沈明櫻家的沙發上，阮喻坦白從寬了長達半個小時。

聽她鉅細靡遺地說完，沈明櫻也陷入了沉思：「高冷男神一夜跌落神壇為哪般？」

阮喻擁著抱枕湊上前去：「如果自作多情一下的話，會不會……」

「不會吧？你們高中三年，還有之前那一個多月，半點火花都沒擦出，現在忽然之間，也沒個承上啟下的過渡，他怎麼就喜歡上妳了？」

阮喻摸著自己被許淮頌攬過的肩沒有答話。

「試著分析一下。」沈明櫻清清嗓子，「這十二個小時以內，在他所有表現古怪的場合裡，妳是不是都處於相當弱勢的狀態？」

「對。」

「那麼答案出現了，一個有能力的男人，在看見一個女人，尤其是一個漂亮女人遭遇困境、極度脆弱的時候，一定都會產生一點保護欲的。更何況，對方還是一名致力於救人於水火之中的律師。要驗證這一點，就要看妳以後不再處於弱勢的時候，他會怎樣表現了。」

阮喻五味雜陳地喔了一聲，把這份自作多情的心思收斂回去，開始專注於找房子，只是接連兩天都沒發現比那套高層住宅更合適的。

她想，電梯故障不是問題，發生了一次故障，反而說明它會得到房仲的重視，之後將會更安全。於是這天下午，她傳了條訊息給許淮頌：許律師，我決定搬家了，但還沒收到岑先生的答覆，我現在回公寓打包行李安全嗎？

許淮頌：我明早有空。

短短五個字，安全感忽然盈滿心頭。阮喻捏著手機猶豫再三，決定厚著臉皮，最後享受一次委託人的待遇：那又要麻煩你跑一趟了，你幾點方便？

許淮頌：八點半吧。

次日一早，八點半，阮喻下樓坐上許淮頌的車。

到達後，為了安全起見，許淮頌陪她上爬上舊公寓，進門後就坐在客廳等她打包。

阮喻幫他倒了一杯水，轉身去臥室忙，打算先從衣物開始收拾。因為常年宅在家，她的衣物並不多，只是冬天的外套比較大，最好用壓縮袋裝。她把厚衣服從衣櫥裡拿下來，放在床上，正要去外面找壓縮袋，膝蓋一擦床沿，碰掉了一件毛呢大衣。

一聲清脆的噹啷聲，什麼東西從大衣口袋裡掉了出來。她低頭一看，忽然呆住。

那是一個白色隨身碟。是那個，記載了她小說大綱乃至所有細節哏、本該丟失在咖啡廳的白色隨身碟。

她愣了愣，彎腰把它撿起來，攤在手心，目不轉睛地看著它。

她想起來了。

清明假期的最後一天下了雨，杭市正在鬧倒春寒，天氣冷得反常，所以她出門時套上了這件毛呢大衣。之後媽媽突然來了，她從咖啡廳匆忙離開，很可能順手把隨身碟放進了大衣的口袋。再後來，杭市天氣轉暖，這件毛呢大衣被她塞進衣櫥，再也沒有穿過。

抄襲事件爆出的時候已經五月了，她根本沒想到要去冬衣口袋裡找隨身碟，誤以為它丟了。也就是說，她的大綱，從頭到尾都沒有失竊？

阮喻傻站在原地，滿臉震驚，忽然聽見房門被敲響。

許淮頌在外面問：「怎麼了？」

阮喻回過神，打開房門，攤開手心：「我記錄大綱的隨身碟沒有丟，這表示什麼？」

許淮頌低下頭，目光凝滯。有那麼一瞬間，他想親手揭開自己的面具。

其實不只是這一瞬間。早在之前，明知故問她怎麼知道他是蘇市人的時候，還有刻意讓她當面念那段春夢的時候，他都這樣想過。

他想，如果她最終演不下去，他也可以放棄。但她始終掩飾，而他的謊言就像雪球一樣越滾越大，每當他想逼自己一回，卻又會想像到，她得知真相後，因為他近乎病態的處心積慮而害怕的模樣。

在他的沉默裡，阮喻在心裡設想著其他可能。

她問：「有沒有可能，是什麼電腦高手使用了某種技術，不聲不響地入侵了我的電腦？」

「理論上來說有可能。」

「實際上呢？」

許淮頌不想再編織更多的謊言，於是實話實講：「誰會那麼無聊？」

「岑思思啊。」阮喻卻沒把他的話當作否定的反問，只是想著，岑思思連她的住址都翻了出來，又為了打擊她而直播自殺，還有什麼做不出來？

許淮頌把到嘴邊的坦白又吞了回去，放在身側的手捏緊再鬆開，鬆開再捏緊，最終轉身回了客廳。阮喻沒注意到他的不對勁，沉浸在自己假設的世界裡。

如果連大綱也是岑思思偷走的，那麼《她眼睛會笑》的作者寫詩人在其中又扮演了怎樣的角色？假使她和岑思思是一夥的，當初又怎麼會主動送情報給劉茂？

她想不通這個矛盾點，等打包完基本的行李，送到新公寓，跟許淮頌分別後，聯繫了李識燦。

他昨天打電話給她，提了一下公關進展，說直播自殺這件事的社會觀感太差，事發時就很快封鎖了這個消息，所以沒有擴散太廣，他的善後工作也很順利，目前事情基本都已解決了。

阮喻這次是真心感激他，在電話裡詢問她能做點什麼。李識燦說，請他吃個飯吧。

她欠下的人情根本不是一頓飯能還清的，自然沒辦法拒絕這樣簡單的要求，答應了等他鬧下來就請他吃飯。只是這飯還沒請，她又得麻煩他一件事了。

電話接通後，她開門見山：「學弟，你方便給我一下岑思思她父親的聯繫方式嗎？」

那天晚上，岑榮慎並沒有留下自己的電話號碼。她昨天收到一筆賠償金，但匯款帳戶是之前就提供給被告的，她並沒有跟岑家直接取得過聯繫。

李識燦在回答之前先問：『出什麼事了嗎？』

「他前兩天說要替我排查危機，我想了解一下進展。」順便確認岑思思當初是不是找人入侵過她的電腦。

『我大致知道情況，岑叔叔在排查她對外聯絡紀錄的過程中沒有發現問題，但他做事比較謹慎，所以還沒給妳最後答覆。另外，他打算請國外的心理治療師在催眠中針對岑思思的過往行為跟她對話，從而確認事實。只是她現在身體狀況不好，暫時沒辦法接受出國治療，所以耽誤了。』

說到最後，他還是提供了岑榮慎的號碼，但阮喻已經了解了情況，也就沒急著聯繫他，決定再等等。畢竟站在為人父親的角度去想，他已經夠焦頭爛額了；而站在事件責任人的角度來看，他也已經夠盡力了。

阮喻待在兩房一廳一衛的新公寓裡整理行李，等忙完已經下午兩點多，想起自己還沒吃飯，打算下樓買點東西吃。

沒想到一走到門口，就碰見了前幾天跟她和許淮頌一起被困在電梯內的那個女孩，孫妙含。

她今天沒有化濃妝，是乾淨的素顏，反而比那天好看很多。

孫妙含見到阮喻又驚又喜：「是妳啊！妳也住在這棟嗎？」

阮喻正要說自己是新來的住戶，就被她緊緊握住了雙手。她一副他鄉遇故知的模樣說：「妳跟妳男朋友真是我的貴人！」

她的重音落在最後，所以阮喻在解釋「不是男朋友」之前，先疑惑：「貴人？」

「我那天不是去寰視試鏡嗎？到那邊才發現妝哭花了，想卸了重上妝，結果沒來得及上妝就輪到我了，只好素顏進去……」

阮喻猜到了結局：「錄取了吧？」

孫妙含猛點頭：「錄取了之後我才知道，他們最近就是在找這種類型的。」

阮喻笑著說恭喜，接著又說：「是妳命裡有時終須有，跟我和我朋友有什麼關係？」

「咦？」孫妙含眨眨眼，「還只是朋友嗎？」

阮喻莫名其妙地點點頭：「不然呢？」

「雖然那天妳說妳還沒有交過男朋友，但我以為經過那種患難見真情的時刻，他應該跟妳告白過啦！」

阮喻笑著想解釋沒那回事，笑到一半卻突然頓住。她的耳邊，拼湊起了一組對話。

「小妹妹，別哭了，其實我也還沒有過男朋友呢，我都二十六了……」

「妳想要有嗎？」

「有」和「嗎」中間缺失的部分，難道是「男朋友」？

那麼，「妳想要有男朋友嗎」的下一句，是「妳覺得我怎麼樣」，還是「我幫妳介紹一個」？

一瞬間的靈光乍現，讓阮喻愣在原地老半天，直到聽見孫妙含的問話：「妳怎麼啦？」她回過神猛搖頭：「沒……沒事。」說完遊魂似的出了門。

十分鐘後，她發現自己又繞回了公寓樓下，而她的手裡，沒有一點食物。

許淮頌正在飯店套房的客廳，跟呂勝藍談工作。

她這次接到一起境外投資相關的糾紛案，和許淮頌一起回國，她去實地調查案情，但她現在碰到瓶頸了，正在向他請教突破的關鍵。

許淮頌聽完她的敘述後沒有說話，打開了筆記型電腦，開始打字，五分鐘後，他把電腦螢幕轉向她說：「聯繫這個人，應該能爭取到調查機會。」

她笑著看他一眼：「結果還是麻煩你動用了許叔叔的人脈。」

「沒關係。」

他的態度是一如既往的公事公辦，客氣又疏離，但呂勝藍卻隱隱察覺到一絲不正常。看著他不太健康的臉色，她問：「你是不是又胃痛了？中午沒吃飯嗎？」

是沒吃。

送阮喻到新家以後，剛好接近吃飯時間，她說請他吃個飯表示感謝，但他當時心煩意亂地想著隨身碟的事，所以說下次再約。回到飯店後，他也就忘了吃飯的事。

現在胃確實絞痛著。

不等他回答，呂勝藍就站起來：「你藥放在哪裡？臥室嗎？我幫你拿。」

「不用。」許淮頌撐過一陣絞痛，站起來，「妳回去辦案子吧，我自己來。」說著轉身進了臥室的洗手間，撐著洗手台，滿身淋漓地出了一層冷汗。

此時，阮喻也餓著肚子，坐在電腦前，把跟許淮頌的對話視窗開了又關，關了又開，最後傳一條訊息給沈明櫻：妳說，當一個男人問一個女人「妳想有男朋友嗎」的時候，他的隱含意思到底是「A、你覺得我怎麼樣」還是「B、我幫妳介紹一個」？

訊息傳出後，暫時沒有得到回覆，她心不在焉地打算轉傳那封訊息，換個朋友問。結果卻因為剛才一直在開關許淮頌的對話視窗，勾選好友的時候腦子瞬間當機，直接點了處於列表第二位的他。

按下「確定」後，她幡然醒悟，手忙腳亂地去點「撤回」，看到「你撤回了一條訊息」的瞬間，剛鬆口氣，卻看見對方回了訊息：B。

阮喻愣在了電腦前。

那頭的呂勝藍，在許淮頌的電腦上打出這個「B」字後，匆匆刪掉了訊息紀錄，朝臥室的方向說：「那我先走了，你注意身體。」

絞痛來得又急又烈，許淮頌翻出藥吃下後，開門看呂勝藍已經離開，就掀開被子躺上了床。

他覺得自己可能真的有點病態了。

這床被子，自從阮喻蓋過以後，他就跟飯店打了招呼說不要換。

想到這裡，他拿出手機來看，下一刻卻忽然頓住。

微信訊息清單的第一欄，顯示他傳送了一條訊息給阮喻。

但點進去一看，她在他的帳號發出這個「B」之前，就已經撤回了訊息。

三秒鐘後，他回過神，下床走到客廳，查看電腦。電腦版微信裡，跟阮喻的對話視窗被刪掉，紀錄顯示為空白。

激烈的庭辯要求充分地掌控時間，這個職業習慣使他能夠清晰地肯定，他絕對沒有放任呂勝藍留在這裡太久，從他撐不住胃痛匆匆走進臥室，到確認房門被關上的聲音，僅僅一分鐘。

再對比手機顯示的，他的帳號傳出那條訊息的時間，意外就發生在這一分鐘內。

真相顯而易見。

呂勝藍從小在美國長大，不常使用微信，以為刪掉了電腦版紀錄就萬事大吉，卻不知道手機有同步備份。而事發時間又太短，她明顯是未經思考就做出了衝動行為，沒工夫了解清楚究竟。

許淮頌深吸一口氣，閉了閉眼，拿起手機打字：妳撤回什麼？

那頭很久沒有回覆，在他正要打電話過去的時候，阮喻回：我傳錯啦，所以就撤回了，不好意思啊許律師。

他相信她真的傳錯了。呂勝藍也一定從她的撤回中明白了這一點，確信她過後不會主動提及，所以才敢這麼做。但這就越發說明，這條訊息非常關鍵。

只是現在，阮喻可能把他這句「妳撤回什麼」理解成了「妳為什麼撤回」，而不是「妳撤回了什麼」。

他失去了咬文嚼字的耐心，撥通她的電話。那頭過了很久才接，可能是在思考什麼。可是他沒有多餘的時間去斟酌了。

他渾身的血液彷彿在看到這個「B」字的一瞬間凝固，現在整個人都像被一種未知的恐慌包圍著，以至於完全感受不到胃痛。

他開門見山地說：「我的意思是，我沒有收到妳的訊息，妳撤回了什麼？」

『啊？』阮喻顯然也很驚訝，『那你怎麼回我了？』

他咬咬牙：「不是我回的。」再問一遍，「妳撤回了什麼？」

那頭沉默下來，過了一會兒說：『那也沒關係，反正本來就是傳錯了……』

許淮頌轉身朝房門外走：「妳在新公寓嗎？」

半個小時後，阮喻聽見了門鈴聲。

從收到許淮頌的「B」字起，她就懷疑他在委婉地告訴她不要自作多情，到後來接到他的電話，感受到他無法隱忍的急切和怒意，再到這半個小時內，不停揣摩接下來可能發生的事，推翻一種可能，重來，推翻另一種可能，再重來。她像坐了一趟起起落落的雲霄飛車。

到這一刻，她突然有點不敢去開門。

她走到門前，確認貓眼，然後隔著這層兩人之間最後的門板說：「你來做什麼？」

『妳開門。』

許淮頌這時候的聲音聽起來相當平靜，已經沒了剛才電話裡那種咬牙切齒的味道。

阮喻這才敢開門。

但下一瞬間，她整個人被一股巨大的拉力扯向前去，落入了一個曾經肖想過無數次的懷抱。只是這個懷抱並沒有她想像中的溫柔——許淮頌幾乎是用渾身的力氣抱緊她。

阮喻連驚叫都沒來得及，只能感受到他在她肩窩處的灼熱呼吸正刺激著她的神經末梢，一寸寸往她的肌膚入侵。

她在大腦當機五秒後，開始企圖往後縮。許淮頌立刻鬆開手。

但他的目光仍然凝滯在她的臉上。

阮喻仰起頭回望他，短短一瞬，彷彿從他的眼裡看見了驚濤拍岸、日升月落，看見了白瀑懸空、飛珠濺玉，看見了這世界上的一切浩大與壯闊，最後，看見了自己。

只看見自己。

有人說，人的眼睛是會說話的。這一剎那，他明明什麼都沒說，她卻好像讀懂了所有。雖然她還摸不著頭緒，為什麼突然之間，許淮頌會對她產生出一種彷彿已經壓抑了很久很久的情緒。

震驚過後，她張了幾次嘴，終於低聲問：「你怎麼了……」

結果，他像個討不到糖吃就不肯放棄的小孩一樣，又重複了一遍：「我想知道妳到底撤回了什麼。」

明明用了「到底」這種詞，可是阮喻覺得他的語氣一點也不強硬，反而像是有點受傷。

原本發現他沒看到訊息，她是打死都不願坦白自己到底傳了什麼。可是這一刻，在這樣的刺激和震撼裡，她做了一個連她自己也無法理解的舉動——把她的手機遞到了他的手上。

手機螢幕停留在她跟沈明櫻的對話視窗。

沈明櫻的最新回覆是：誰問妳這個問題了，還是妳寫作需要在做調查？我覺得吧，A和B也可以是同一個答案啊。

A和B是同一個答案。「我幫妳介紹一個」的後面也可以是「妳覺得我怎麼樣」。

她心情忐忑地等著許淮頌的反應，然後看見他的目光從手機螢幕上移開，盯住了她的眼睛：「嗯，A和B不是同一個答案嗎？」

他的反問平靜得出奇。

阮喻的腦子卻彷彿瞬間炸出白光。

人在極度緊張的狀態下，有時候會產生一種物極必反的狀態。比如說現在，阮喻明明已經慌亂到不知道手和腳在哪裡，卻依然保持著靜止。

大概足足十秒之後，她終於做出反應，呵呵一笑：「咦，我都傻了，怎麼叫你乾站了這麼久……」說完，招呼他進來，「我剛整理完一部分行李，家裡還沒怎麼打掃，你直接穿鞋進來就好。」

她說完以後回過頭，發現許淮頌還站在門口。

她只得再開口：「你不進來嗎？」

許淮頌終於跨過那道門檻。

阮喻把他請到沙發上：「我倒杯水給你。」說著轉身就要去廚房，走開兩步又回頭，指了指他手裡那隻屬於她的手機，「呵呵，瞧我這記性，忘記了手機，可以還我嗎？」

拿到手機後，她快步走進廚房，關上門，差點一個腿軟跌在地上。

她拍了拍胸口壓驚，然後靠著門板，拿出手機顫抖著打字。

『SOS！呼叫沈明櫻！』

『緊急情況，請求組織支援！』

『這不是演習！』

『重複一遍，這不是演習！』

沈明櫻被她的奪命連環call震了出來：幹嘛大呼小叫的，許淮頌要跟妳告白啊？

軟玉：恐怕是的！

或者說，其實已經告白完了？

沈明櫻：……

沈明櫻：我就隨口一說，真的？

沈明櫻：妳現在需要速效定心丸嗎？

阮喻捂了捂如同脫韁野馬似的心臟：還撐得住。

沈明櫻：那妳打算怎麼辦？

她要是知道，還會躲進廚房嗎？

沈明櫻：他是認真提出交往了呢？還是只表露了喜歡的意思？

軟玉：後者。

沈明櫻：那妳對他有什麼感覺？

軟玉：妳這麼突然問我，我也說不出來啊……

原本是真的放下了，可從那一晚，他突然改變了態度，她就控制不住地揣測他的意圖。因為太不可思議了，她沒有放任自己去細想，思考自己希望的是哪種意圖。

但就像硬幣落地那一刻，才能看清自己究竟想要的是正面還是反面。剛才在看見那個「B」字的瞬間，她意識到，她期待的可能是「A」。只是這種期待到底是「舊情復燃」還是「慣性使然」，她也說不清。

畢竟許淮頌好像突然變了個人，並不像她從前所認知的那樣，拿過去的感覺去衡量現在的他，讓她覺得自己有些人格分裂。

沈明櫻傳來了訊息：好了，別管什麼感覺，這麼多年終於有機會，妳就試著拿下他，大不了覺得不好用再甩了，這樣妳也可以重新開始自己的人生，如果妳現在直接逃避或拒絕，我保證，妳一輩子都走不出去。

軟玉：拿下他？

沈明櫻：對，拿下他，而不是被他拿下，就是劇烈運動的時候，他下妳上的意思。

軟玉：……

阮喻跟沈明櫻來回半天，結束後，並沒有急著打開廚房門，而是回頭慢吞吞煮水。煮完後，她倒了杯白開水，呼吸吐氣，整理好心情後拉開門。

沙發上的許淮頌抬頭盯住了她。

她垂了垂眼，回想沈明櫻的教誨，面色平靜地問：「誰用你的微信回我的訊息啊？」

許淮頌沒有遮掩：「妳見過的那個同事。」

「呂小姐啊。」她把水放到他面前的茶几上，然後沒了下文。

在許淮頌以為，她應該會繼續追究、詢問下去的時候，她卻不按牌理出牌，突然地打住了。而他就像揮空了球棒，力氣使出去了，低頭卻發現球閒適地躺在草地上曬太陽。

過了一會兒，她終於開口，說的卻是：「她看起來業務能力挺強的。」

「……」業務能力是指？

許淮頌張了張嘴又閉上，覺得這話怎麼接都不對。

沉默了半天後，他直說：「她是我大學同學兼律師事務所同事，除此之外，我跟她沒有別的關係。這件事，妳想怎樣處理都行。」

「處理什麼？」阮喻反問。

許淮頌再次揮空了球棒，但他不能再往後退了。

他問：「妳不生氣嗎？」

「你比較生氣吧？」阮喻笑了笑，看了眼手機時間，「五點了啊。」

他抬起頭：「怎麼了？」

她謹記著「占據主場優勢」的重要性，硬是要擺出個架勢來，問：「出去吃個飯？」

這是許淮頌揮空的第三棒。他打算把呂勝藍的事情從頭到尾解釋清楚，阮喻卻一回又一回地巧妙避開。

一拳一拳打在棉花上的落空感，讓他從剛才像脫水一樣難受的狀態裡分離出來。到這一刻，再判斷不出她是故意的，他就太愧對自己的職業了。她刻意表現得這樣落落大方，是為了以退為進，試探他。

果然這樣一來，她連開口都不用，就讓他沉不住氣交代了老底。雖然不管她是歇斯底里地質問他，還是委委屈屈地哭一頓，結果也都一樣。但他好像一個變態，竟然有點享受她這樣的心機。

許淮頌瞥了一眼廚房。

其實，他以為她剛才在斟酌怎樣拒絕他。結果她這外柔內剛的性子一次次地給他驚喜，連他的胃也在膠囊和她的作用下恢復了平靜。許淮頌忍住笑意，喝了一口白開水。

阮喻唬出的氣勢矮了一截。

這人喝個白開水怎麼還喝出了限量版金王馬爹利威士忌的優雅氣質？剛才還抱得她差點喘不過氣來，現在這麼淡定是什麼意思？

那硬的不接，來軟的？

她暗暗琢磨了一下語氣，說：「我還沒吃午飯……」

許淮頌果真頓住了，放下杯子：「為什麼不吃？」

阮喻正要答，忽然聽見他接了一下一句：「我不吃，妳也不吃了嗎？」

她一愣：「你這個胃還……」敢不吃飯？

對話進行到這裡，兩人同時拿上手機起身。人是鐵，飯是鋼，一頓沒吃了還坐著幹嘛？到頭來兩人都餓著肚子，還互裝可憐，這不是自討苦吃嗎？

兩人一前一後地走出家門，許淮頌忽然問：「會開車嗎？」

「拿到駕照七年了，但從沒上過路，怎麼了？」

「想讓妳開我的車去，我剛剛胃痛，怕開車會出問題。」

「那你來的時候……」

「來的時候是一個人。」

這話像一記軟錘，直直撞在阮喻的心上，撞得她又酸又麻，一陣眩暈。

她半天都回不了話，連腳步都浮了起來，最後暈陶陶地說：「那搭計程車吧……」

吃飯的地方是阮喻挑的，許淮頌剛胃痛完，所以只能找了家砂鍋粥店。

點菜的時候，他萬事不管一切隨意，她也就沒謙讓，拿著筆在菜單上一路指指點點下來，然後陷入了難題。

皮蛋瘦肉粥，皮蛋不行，醃的傷胃。滑蛋牛肉粥，牛肉不行，太不容易消化。海鮮廣東粥，海鮮不行，萬一胃發炎呢？

她抬起頭：「你好像只能喝白粥了。」

「可以，妳點妳吃的就行。」

阮喻開始挑自己的。

排骨粥，排骨不行，啃起來多醜啊。膏蟹蝦粥，蝦蟹不行，嘴裡會有味道啊。雞絲粥，雞絲不行，萬一塞牙縫了呢？

她再次抬起頭，嚴肅而決絕地說：「我也喝白粥。」

許淮頌眨了兩下眼：「妳確定？」

「我確定。」

為了顧全大局，她可以，她願意。

店員給兩人上了一鍋熱氣騰騰的白粥和幾碟免費贈送的配菜。

不知是不是心理作用，阮喻覺得那位店員看她的眼神流露出一股同情的味道，彷彿從這一幕看見不久後的未來，這對男女被生活的重擔壓倒，只能喝著白粥在風雨中飄搖的命運。

但喝個粥也不清淨。

喝到一半的時候，許淮頌接到一通電話。

他沒有避開她，開口就是：「我是，您好，何老師。」

何老師？那不就是蘇市一中的副校長，他們以前的英語老師？

阮喻豎起了耳朵聽。沒想到這時候，她自己的手機也響了，媽媽的來電。周圍的環境很安靜，兩人一起接電話，自己的聲音一定會摻雜進對方的通話中。阮喻準備起身走遠點，結果被許淮頌虛虛點了一下，那個手勢的意思是叫她坐著接，他去外面。

等他說著話起身離開後，阮喻才接起了電話。

曲蘭說：『喻喻，我跟妳爸爸剛才接到何老師的電話，他這星期五十大壽，請我們一起去蘇市參加生日宴。』

阮喻一呆，立刻聯想到剛才許淮頌接到的電話：「我一定要去嗎？」

「恐怕何老師本來也想不起妳來，但上次在一中不是剛碰過面嗎？怎麼了，妳有工作要忙？」

「也不是……」

她苦著臉攪碗裡的白粥。

其實，既然打算跟許淮頌發展關係，那他們是校友這件事，大概也快說開了。但人家才剛開口半句，她就暴露了自己暗戀他多年的事，今後還不得被他吃得死死的。

曲蘭繼續說：『老師特意邀請了妳，這點禮貌還是要有的，沒事就去。』

許淮頌剛好在這時候接完電話回來，阮喻抬頭跟他對視了一眼，匆忙轉移話題：「媽，妳吃飯了嗎？」

『吃過了，正跟妳爸在喝酸梅湯呢，媽說的話妳聽進去沒啊？』

許淮頌已經在她對面坐了一下來。

她趕緊說：「喔，我也想喝……」

『妳怎麼了？現在是選擇性耳聾啦？』

「沒有沒有……」她抬頭又看了對面人一眼，然後說，「我想想喔，回頭再跟妳說，先掛了喔。」說完就掛了電話。

許淮頌重新拿起粥勺，優雅得像拿起刀叉準備吃牛排。

他看她一眼，問：「想喝什麼？」

她輕咳一聲：「我媽做的酸梅湯。」然後開始套話，「你跟以前在國內的老師還有保持聯絡嗎？」

「之前沒有，上次在母校碰到就留了聯繫方式。」

「老師到現在還記得你啊。」阮喻苦思冥想著該怎麼把話題繞到正確的方向，結果越聊越尷尬。

還好許淮頌的下句話正中她下懷：「老師請我去參加生日宴。」

她假裝恍然大悟：「那你會去嗎？」

許淮頌抬頭，看到她眼裡星星點點的，一副很期待他說「不去」的樣子。

他沉吟了一下：「看看跟工作有沒有衝突吧。」

阮喻呵呵一笑：「忙就別去了吧！」

許淮頌忍笑：「嗯。」

接下來，阮喻吃得心不在焉，但結束後，她還是沒忘記重點，想起了約他出來吃飯的關鍵目的，按照計畫說：「你出來這麼久，貓在飯店會餓嗎？四個月的貓是成長期，營養得均衡點，整天吃單調的罐頭不好，要不要帶點吃的回去給牠？」

人啊，突然聒噪起來通常是有原因的。許淮頌彎了彎嘴角。

正當阮喻以為自己的「邪念」被看穿了的時候，卻聽到他說：「那妳幫我挑點適合貓吃的，跟我一起回去吧。」

阮喻就這樣順理成章地跟他回到飯店，要進電梯前開始了一下一步計畫：「哎呀，忘了呂小姐，她吃過了嗎？」

「不知道。」

「她是不是跟你一樣忙起工作就不吃飯嗎？要不要從樓下帶點吃的給她？」

許淮頌瞥她：「是妳要帶的。」言下之意，跟他沒有任何關係。

阮喻點點頭。許淮頌就轉身跟她去餐廳點餐。

她精挑細選了一份叫「盛夏白蓮」的時令套餐，又單點了一杯「濃情綠茶」，等店員打包好了，拎著進了電梯，詢問過許淮頌後，按下了十五樓的按鈕。

阮喻暗暗幫自己打氣，沒想到到了十五樓，電梯門叮的一聲打開，恰好就見到呂勝藍拿著一只行李箱站在外面。

兩人目光對上，呂勝藍先笑一下，向她和許淮頌點頭致意，然後拖著行李箱進來，按下一樓的按鈕，接著轉過頭對許淮頌說：「我處理完工作了，回美國。」

許淮頌嗯了一聲，沒有說別的話。

阮喻明白了。

呂勝藍是以工作為由跟許淮頌一起回國的。雖然，他還沒有戳破她下午做的那件事，但她顯然意識到他已經發現了，知道當面對峙誰也不好看，所以主動退避離開。要不是碰巧，她不會跟許淮頌打這個照面。

阮喻忽然覺得，沒必要送出這份充滿暗示提醒的午餐了。

電梯裡誰也沒有再說話，三個人的呼吸都很輕。到達一樓後，阮喻和許淮頌沒有動。呂勝藍再次向兩人點頭，率先拎著行李箱走了出去。

第九章　狐狸與兔的較量

夏天的晚風帶著青草的氣息，像極了八年前，呂勝藍在學校的白鴿廣場，第一次見到許淮頌的時候，對他一見鍾情的瞬間。

她沒想過會走到今天這個地步，一路下來，就像打了一場長達八年的仗，她把每一步都邁得小心翼翼。

因為許淮頌太聰明了，跟他打交道必須隨時保持一百二十分的警戒。一旦她的行為甚至眼神、語氣有一絲企圖越界的嫌疑，他就會用那種看似紳士溫和，實則不留餘地的方式拒絕她。

其實她從來沒有正面開口過，因為稍加試探就碰上瓶頸，所以她很清楚結局。

只是原本她想，他總有一天要成家的，八年了，他身邊沒有過女人，他爸爸在痴呆之前也很中意她，把她視作準兒媳，那麼到最後，他真的不可能將就地選擇她嗎？她覺得她可以等等看這個「最後」。

直到一個多月前，他突然回國了。

起先她以為是他國內的家人出了什麼事，幾經打探，才從他的室友，也是他們共同的同事嘴裡套出話——他回國後，常和一個年輕女人視訊。

她安慰自己，大概是工作原因進行的視訊，可是之後不久，卻得知他再次回國，並且叫助理準備了一筆資金用來買車，甚至帶走了美國駕照。

那個時候，她開始慌了。

直覺告訴她，許淮頌對那個女人絕對不是一時興起。甚至很有可能，在所有她一廂情願的時光裡，他也對另一個人如此動情。

當他再次要從舊金山離開的時候，她不露痕跡地以工作為由，跟他坐同一班飛機回到國內，她要去確認這個懷疑。

然後她看見了那個女人。飯店門外，那樣不言而喻的情境。

許淮頌甚至沒給她一絲自欺欺人的餘地。

他立刻表明立場，先介紹那個女人，直呼「阮喻」，再介紹她，客氣地稱「呂小姐」。

遠近親疏，身分關係，一目了然。

許淮頌根本不會在禮節上犯這樣低級的錯誤。他是故意的。

她覺得自己嫉妒得快瘋了。

也就是這一天的刺激，讓她克制、壓抑了八年的情緒徹底爆發，以至於她在看見那條訊息，敏銳地猜測到前因後果時，按下了那個致命的「B」。

那個讓她在八年裡第一次犯蠢、出錯的「B」。那個讓她失去格調，徹底出局的「B」。

走出飯店的那一刻，呂勝藍又回了一次頭。

她記得，剛才進電梯時，面板上沒有亮起的數字，那說明，他們就是往十五樓來找她的。

並且，應該是許淮頌默許、縱容著阮喻來找她的。找她做什麼呢？所有身處於愛情裡的女人，都知道這個答案。

呂勝藍苦笑了一下。

原來要跟許淮頌這樣的人發展親密關係，除了努力比他聰明之外，還有一條捷徑，那就是像阮喻一樣，讓他願意為了妳，變得不聰明。

阮喻和許淮頌後腳也出了電梯。

她來飯店就是為了呂勝藍，目的達成，就以「有點睏，就不上去了」為藉口提出要回家。

她不打算真的進到許淮頌的房間。她這次的心態太不一樣了，距離他那場疑似告白不到四個小時，就這麼快送上門去，她會慌到心臟驟停。

許淮頌也沒勉強：「那我先上去放東西。」

「你車都不在，回去休息吧，不用送我了。」

「我的意思是……」他突然起了玩心，似笑非笑地說，「先上去放東西，然後休息。」

阮喻愣了愣，皮笑肉不笑地呵呵一聲：「那許律師再見，你的車，我會請代駕開到飯店。」

這疏遠的稱呼和安排，真是知道怎麼一報還一報啊。他低咳一聲：「開玩笑的，妳在大廳等我五分鐘。」

阮喻不買帳了：「不了，五分鐘夠我叫到車了。」

「那我不上去了，」他眼底露出幾分無奈的神色，「走吧。」

「好吧。」她好像這才甘心了，「你還是先去餵貓，我在大廳等。」

許淮頌看她一眼，轉身進了電梯，然後又回頭看她一眼，大概在確認她沒有口是心非。

阮喻朝他努努下巴示意他快去，電梯門闔上的一瞬間，回想他臨走時那兩眼，她緊抿的唇一點點上揚，最後偷笑著走到休息區，在沙發上坐了一下來。

金碧輝煌的大廳頂燈照得四方一片光亮，這個時間來往的人不多，坐了一會兒，她看見兩名打掃人員推著一車打掃用具從她面前經過。

其中一人跟另一人交代：「1922房的客人床單還是不換，別弄錯了。」

阮喻一愣。

1922，那不是許淮頌的房間號碼嗎？為什麼不換床單？

一句話的工夫，兩名打掃人員已經從她的面前走過，再遠就聽不見下文了。

她快步上前，跟在她們身後假裝同路，然後順利聽見那人的回答：「都三天了……」

這兩人還說了什麼，阮喻再沒聽到。

因為她已經停了一下來，腦子裡一陣轟隆轟隆的響聲。

三天前，她睡過那床被子啊。

被許淮頌送回家後，阮喻就一個人納悶了。

靜下心來想，連她睡過一晚的床單都捨不得換，先不說這種痴漢行徑是不是許淮頌的作風，單從這件事來看，他應該早就喜歡她了吧？

那是從什麼時候開始的？在飯店那晚之前，他似乎一直沒有流露出明顯的訊息。

阮喻洗了個澡，因為白粥不飽腹，就拆開了那份被她帶回家的「盛夏白蓮」當宵夜，邊吃著邊滑起朋友圈。

她下滑刷新朋友圈的時候，看見劉茂一分鐘前傳的一篇內容：『同樣是律師，差別怎麼就這麼大呢？』

文字底下配了一張圖，是兩個日程表的對比。左邊那個密密麻麻，右邊的只在明天和週六有兩項工作安排，其中週六那列，顯示是早上九點到下午一點有個重要的視訊會議。阮喻精神都來了，週六中午是何老師的生日宴，右邊的日程表該不會剛好是許淮頌的吧？

她在下面留言：一週就兩個工作，怎麼有那麼清閒的律師啊？

至坤劉茂：我們許律師。

阮喻放下筷子，興沖沖地回電給曲蘭：「媽，週六我會去，妳跟爸爸在家裡等我，我們直接搭計程車去，大週末的就不去高鐵站人擠人了。」

那頭的曲蘭忙不迭地答應了。

掛了電話，阮喻哼著歌收拾碗筷，打開電視看世界盃，心情很好地傳了一篇朋友圈：

『綠茶配世界盃，邊熬夜邊養生。』

配圖是茶几上那杯「濃情綠茶」和背景裡的壁掛式電視機。

許淮頌秒回：白蓮呢？

阮喻看了一眼已經被自己吃光的套餐，臉不紅心不跳地說：吃不下了，在冰箱裡。

許淮頌：那我明天來吃早餐。

「……」她現在去飯店再點一份「盛夏白蓮」還來得及嗎？

阮喻艱難地吞了一口綠茶，忽然看見劉茂過來插了一腳，回覆許淮頌：帶我一起去？

許淮頌：嗯，睡吧。

言下之意：作夢。

阮喻差點沒笑出眼淚，揉揉眼睛，轉瞬又看到底下的一條留言。

她高中時候的班長周俊回：『這是什麼情況？』好像是指她和許淮頌的「情況」。

阮喻後知後覺：難道除了劉茂以外，她和許淮頌還有共同好友？

也對，當初兩個班一起畢業旅行，作為活動組織者的班長，可能加了大家的微信。

糟了。她眼明手快地刪掉這篇朋友圈，暗暗鬆了口氣。可這口氣剛一鬆，又發現沒用。就算刪掉朋友圈，許淮頌還是會收到周俊回覆她的提示通知。

果然下一秒，許淮頌傳來了訊息：妳跟周俊認識？

她避重就輕：以前在蘇市住同一區。你也跟他認識？我聽劉律師說，你外婆家好像也在南區那塊。

許淮頌：嗯，看完球早點睡。剛才說笑的，明早我有工作安排，不用等我。

就這樣輕鬆過關了？

阮喻輕輕呼了一口氣，正樂著呢，忽然從杯中的綠茶品出了不一般的味道。

一個連她睡過的被子都不肯放過的男人，居然對她的男性朋友表現得這麼輕巧？他對劉茂不是挺凶的嗎？

電視螢幕上，球員一腳射門進球。阮喻的腦袋也像被人按下了一個什麼開關，豁然開朗起來。

她翻開劉茂那篇關於日程表的朋友圈，重新看了一遍。為什麼剛好在她猶豫去不去參加生日宴的時候，劉茂會無意間幫她做了「去」的決定？這也太巧了。

然而劉茂本身不會故意這麼做，因為他根本不曉得何老師的存在，除非這一切，是唯一的知情人——許淮頌的授意。那麼許淮頌又怎麼曉得，她也受到了邀請？難道他已經知道，她是何老師的學生了？可是既然如此，他為什麼不直接跟她挑明，要用這種迂迴的方式誘使她去參加這個生日宴呢？

他似乎非常清楚，她不想去是為了避開他，以防小說的事情被揭穿。推測到這裡，答案呼之欲出。

電視機裡傳來球迷們瘋狂的歡呼聲，然而在阮喻的世界裡，所有的尖叫與慶祝都成了遙遠的背景音。她驚訝地捂上嘴，半晌後，自言自語了一句：「難道他早就知道了？」

週六，阮喻還是按原計畫接了爸媽去蘇市。

這幾天，她對許淮頌這個人翻來覆去地做了很多假設，最後發現，所有假設都是無意義的，真正能找到答案的地方是這場生日宴。

如果他以「工作計畫臨時有變」為由出現在宴席上，那麼她想，世界上不會有這樣多的巧合，他應該早就知道自己是她小說裡的男主角，這是怕她當縮頭烏龜，所以故意引誘她去。

但如果他沒有出現，那麼這一切，就只是她自己的幻想。

中午十一點半，阮喻到達蘇市，在飯店門口和爸媽一起下了車後，第一時間瞄向附近的停車場，沒見到許淮頌的車。

阮成儒覷她一眼：「看妳一路上都心不在焉，一下來就東張西望的，在找什麼啊？」

阮喻呵呵一笑：「我這是在偵查敵情，保衛您跟媽的安全。」說著挽過曲蘭的手，「我們上去吧。」

一家三口在服務生的引導下到了何崇訂的宴廳。

因為從杭市過來，三人到得比較晚，二十幾桌的宴廳已經滿滿都是人，還沒開席，人們三三兩兩地聚在一起敘舊聊天。

很多人圍著何崇說話。

阮喻的眼睛跟機關槍似的一頓猛掃。確認沒有目標，她輕吐一口氣。

看看她把許淮頌想成什麼人了。想想他這幾天，一天不漏地跟她「早安」、「午安」、

「晚安」的那個樣子，要是早知道真相，哪會像看猴子一樣，任她這樣一個人演獨角戲呢？人性不會這麼險惡卑劣的。

阮喻跟著爸媽上前去跟何老師打招呼。

一個照面過後，阮成儒和曲蘭被何崇拉著跟一群老同事說話去了，而她突然聽見身後傳來一個聲音：「阮喻？」

她回過頭，發現老班長周俊站在不遠處，見她望過來，驚喜地說：「嗨，還真的是！我就猜今天說不定能碰上妳！」

周俊走上前，又說：「好久不見了啊，妳說妳去年也不來參加同學聚會，這次倒是肯給何老師面子了，真是不夠意思啊！」

阮喻笑著跟他打招呼：「那陣子剛好忙，下回有空一定來。」

「妳現在還待在杭市嗎？」

「對，今天特意過來的。」

「這麼說……」周俊的語氣裡浮現出八卦的意味，「許淮頌也在杭市？」

阮喻點了點頭。

周俊立刻興奮地壓低聲說：「我代表一〇屆九班、十班的全體同學八卦一下，你們倆現在是？」

阮喻呵呵一笑。

她跟許淮頌還沒有定數，而且這種涉及到男女關係的話題，怎麼好由女方先下結論宣布呢？

她撥了一下瀏海，笑著撇過頭去，正打算拿個曖昧點的說法搪塞一下，目光掠過宴廳大門，忽然看見一個熟悉的身影。

阮喻的笑容立刻凝固。

周俊一愣，跟著她看過去：「哎呀，這不是許淮頌嘛！你們不是一起來的啊？」

這句話音量不小，馬上引來許淮頌的注意。

許淮頌看過來，跟呆滯的阮喻對上了眼，然後皺了皺眉，似乎感到疑惑不解，上前來問：「妳怎麼在這裡？」

她怎麼在這裡，他心裡真的沒有一點想法嗎？

阮喻緩緩抬眼看他：「我來參加高中老師的生日宴，你怎麼也來了？」

許淮頌微瞇一下眼：「我也是。」

周俊在旁邊一頭霧水，插嘴：「這是怎麼了？搞了半天，你們不知道你們是校友嗎？」

兩人都沒說話。

周俊摸摸後腦勺，一臉稀奇的樣子，比了個手勢：「來，那我介紹一下啊，一〇屆十班許淮頌，九班阮喻。」

阮喻笑呵呵地克制著內心即將噴發的小火山，說：「這也太巧了吧？」然後看了一眼同樣神情訝異的許淮頌，做最後一次確認，「咦？可是，你今天不是有會議嗎？」

他一臉從容地解釋：「工作計畫臨時有變，所以來了。」

果然是這個理由。阮喻差點就被他完美無瑕的演技騙過去，但從前的一幕幕卻在此刻輪番浮現於眼前。

許淮頌明知故問著「妳怎麼知道我是蘇市人」的樣子；許淮頌「碰巧」來到一中食堂，「碰巧」讓劉茂接走她媽媽，「碰巧」在大雨裡像個英雄一樣救了她的樣子；許淮頌在醫院病房裡假裝病弱，逼她念色情小說的樣子……

暗戀多年的高冷男神，居然是這種表裡不一、心機重的人？

為什麼付諸深情那麼多年，她從前一點都沒發現呢？

阮喻感覺自己快哭了。

現在眼睛裡將流未流的淚，都是她當年趴在教室外的欄杆，像花痴一樣偷看他時，腦子裡進的水。

滿心以為自己愛上了優雅高貴的花澤類，結果骨子裡還是個幼稚的道明寺！

在她沉默的時候，許淮頌淡淡地眨了眨眼，一如既往的氣定神閒：「怎麼了？」

阮喻吸了一口氣，低頭看了看自己的鞋。

還怎麼了？她想用這雙七公分高的細高跟，一腳踩穿他腳上光可鑑人的皮鞋啊！

當阮喻在腦海裡模擬起這血腥暴力的一幕時，身後卻傳來了阮成儒的聲音：「喻喻，快過來坐。」

許淮頌往她身後看一眼：「妳先去，我跟何老師打個招呼。」

先去？意思是他隨後就到，要跟她坐同一桌？

呵，了不起，費盡心機製造這場相遇，就是趕著來見家長的吧？

身後又傳來一聲「喻喻」，阮喻看了看許淮頌和周俊，說：「那我先過去了。」然後坐到了曲蘭的左手邊。

何崇坐在親戚那邊，這一桌大多是蘇市一中的退休老教師。阮喻坐下後，向幾位以前認識的老師一一問好，沒過多久，就看許淮頌和周俊肩並肩走來了。

阮成儒右手邊那個位置還空著。

阮喻斜著眼看，果然，在周俊即將碰到那把椅子的時候，許淮頌一個華麗地走位，「飄移」到了她爸爸的旁邊。阮成儒自然而然抬起頭看。

阮喻正要看好戲，看看許淮頌打算怎麼打招呼，沒想到下一刻卻先聽見她爸爸的聲音：「咦？這是……淮頌？」

阮喻：「……」

爸您爭氣點啊，您怎麼能先打招呼呢？而且都過八年了，您為什麼還記得這個學生？

許淮頌稍稍彎腰，低頭說：「阮老師？」作為晚輩的謙恭表現得淋漓盡致，又帶著一絲恰到好處的不確定。

「快、快坐。」阮成儒瞇著眼笑，「好多年沒見到你啦，我記得你當時畢業後去了美國是吧？」

阮成儒一說，同桌的幾個老教師也隱隱記起他來，一個個笑著說：「淮頌？四十週年校慶晚會時，在臺上彈鋼琴的是不是你？」

「哎喲，真是越長越帥了！」

「當年那成績也是好得沒話說，一邊準備出國，還能考到第一名呢！」

許淮頌人氣實在太旺，阮喻加周俊都比不上他一個，滿桌人的目光都聚焦在他身上，筷子也不動了。

他向老師們禮貌地點頭致意，一個個回答他們的問題。

最後是曲蘭：「淮頌現在在做什麼行業啊？」

他側身朝她點頭：「之前在美國做律師，今年剛有回國發展的打算。」

阮成儒的眼睛在聽見「律師」兩個字時微微一亮。

阮喻從這個熟悉的眼神裡看出了一絲異樣，果不其然，聽到她爸接了一下半句：「小許這麼年輕有為，成家了嗎？」

雖說老師與多年前的學生重逢，一般也就關心事業和家庭這兩方面。但阮喻知道，「小某」是阮家默認的，阮爸爸物色女婿時的標準稱呼。許淮頌坐下不到一分鐘，竟然就從「淮頌」升級成了「小許」。

她摸了摸額頭。她爸這個樣子，考慮過「小劉」的感受嗎？

許淮頌注意到她的動作，越過重重障礙看了她一眼，然後答：「還沒，老師。」

阮成儒點點頭，接著跟他聊了幾句別的，說到事業問題時，扭頭看了一眼阮喻：「喻喻，瞧瞧人家小許，跟妳同一屆的，現在發展得多好！」

其實這也就是家長們對「別人家孩子」的一種客套式誇讚，聽聽就好，但許淮頌卻在阮喻開口前，謙虛又認真地接上：「沒有，她比我發展得還好。」

阮喻的目光緩緩滑了過去，跟許淮頌對視了一眼。

一旁的周俊也嗅到了濃郁的八卦氣息，停下跟身邊老師的寒暄，側著耳朵來聽。

阮成儒果然疑惑了一下：「你跟我們喻喻認識啊？」

長輩問話，阮喻不好插嘴，只能任由許淮頌點頭：「對，不過之前不知道是校友，不然今天應該送你們來這裡的。」

阮成儒跟曲蘭對視一眼。

阮喻憋著一股氣，一口氣喝了半杯柳橙汁。

演，接著演，使勁演。

許淮頌又跟阮成儒說：「等這邊結束後，我陪她送您和曲老師回去吧。」

這種情況下，叫她「阮喻」太顯生疏，不夠向兩位老人表達他的意圖，叫「喻喻」又太過頭，會讓阮喻感到突然。

一個含糊不清的「她」字，面面俱到。

插不上話的阮喻又喝了半杯柳橙汁，暗暗咬牙。

曲蘭笑呵呵地接上：「那多麻煩啊，你要是順路，送喻喻就好了，我跟你阮老師住在郊區呢。」

許淮頌笑著說：「不麻煩，郊區空氣好，可以順便兜風。」

「那你們回去就太晚了，多不安全！」

「您放心，我送她到家門口。」

這見機討好可真是夠了。阮喻實在沒忍住，插了一句：「之前怎麼沒見過你送啊？」

許淮頌稍稍側身，看著她認真回想了一下：「嗯，前兩天是只送到樓下。」

曲蘭一愣之下笑出聲，捏捏阮喻的手腕，低聲說：「人家小許送妳到樓下，妳還嫌不夠啊？」

她小聲頂嘴：「樓下又不是家門口，那上樓的過程中也可能遇到危險呢！」

「妳這孩子，還強詞奪理！」

「沒有，我是應該送上樓的，以後記得了。」許淮頌笑著看她一眼，說完，被一旁的周俊用手肘頂了一下。

他轉過頭，看見周俊朝他低低豎了個大拇指，小聲說：「兄弟，這招厲害，我過幾天也要帶女朋友見家長了，可以教我兩招嗎？」

許淮頌還沒說話，抬頭見阮喻在曲蘭耳邊說了句什麼，忽然起身離席。看她一路往洗手間的方向去，他朝周俊點一下頭，示意失陪，也離開座位跟了上去。

阮喻是喝多了柳橙汁要去上廁所。當然，也是為了去洗手間冷靜冷靜。真是戴上有色眼鏡看人以後，越來越發現那人簡直不是人。她現在根本分不清，許淮頌哪段是真情，哪段是演技。瞧瞧這花言巧語一套一套的，說不定討好過許多小女生和她們可憐的爸媽呢。

她在廁所裡做了幾次深呼吸，等出去後，卻看到許淮頌像個可疑分子站在外面的洗手臺旁邊，一副守株待兔的樣子。

「噯，你……」她拍拍胸口說，「真是嚇死我了……」

許淮頌笑了一下：「躲在裡面罵我嗎？」

阮喻在心裡暗暗翻個大白眼，搖頭卻搖得很自然：「罵你幹嘛？」

「那等等一起去向何老師敬酒？」

「你不是還要開車嗎？」

「以茶代酒。」

「那好啊。」她笑咪咪地說，「我們一桌就三個晚輩，叫周俊一起。」

許淮頌吞了吞口水。

阮喻眨眨眼，神情無辜地說：「怎麼了？」

「沒事。」

扳回一局，她心裡舒坦了點，一邊跟他往回走，一邊說：「你發現沒，我爸很喜歡幫我介紹對象。」

許淮頌點點頭，又聽她說：「之前劉律師也是他介紹給我認識的。」

「我知道。」

「那你知道，我爸喜歡劉律師什麼嗎？」

許淮頌想了想：「因為他是律師？」

阮喻意味深長地搖了搖頭：「因為他為人忠厚老實，心腸好，花招少，不浮誇，不會欺負人，行動勝於言語。」

「……」

許淮頌輕咳一聲，低頭看了看她。

但阮喻似乎就只是單純敘事，沒有任何指桑罵槐的意思。再回到宴席上，許淮頌一改之前的進攻態勢，除了被問到以外，就少有主動開口的時候了。

倒是阮喻發現，每次服務生上了什麼菜，只要她看過兩眼以上，那盤菜會在接下來的時間裡一次又一次地被轉到她的眼前。有一次，她看準那盤龍井蝦仁即將轉到她面前的瞬間，偷偷斜著眼看了看右邊，就發現許淮頌那隻骨節分明的手剛好從轉盤上移開。

兩人中間的阮爸阮媽彼此對視一眼。

——看這樣子，這兩人剛才是鬧了點不愉快？

——是吧？我們喻喻看起來好像還沒答應小許呢。

生日宴結束後，遠道而來的阮成儒和曲蘭被何崇邀請去喝下午茶。許淮頌打算趁這段時間回家看看陶蓉，問阮喻要不要一起。

轉幾盤菜就想把她哄回家，哪有那麼便宜的買賣。阮喻搖頭婉拒，陪著爸媽去喝下午茶，下午三點半才跟他會合，一起回杭市。阮成儒和曲蘭還在茶館門口跟何崇難捨難分，阮喻走開幾步，朝許淮頌招招手，示意他過來低下頭。

他不明所以地微低身子，她立刻湊到他的耳邊，小聲說：「知道我為什麼這麼遵守交通規則嗎？」

「為什麼？」

「都是我爸教我的。」

於是回去的路上，許淮頌全程目視前方，全神貫注地開車，一句打岔的話也沒說。

後座的阮爸阮媽再次對視一眼。

——看這樣子，不愉快還沒鬧完呢？

——那這次就先不留小許在家吃晚飯了吧？

失去了一頓關鍵晚飯的許淮頌還不知道自己被阮喻坑了，送完兩位老人家，跟她一起回市區隨便吃了一點，就把她送回了公寓。

✓

已經晚上七點，阮喻穿著七公分的細高跟鞋奔波了一天，又累又睏，也沒力氣再給他什麼考驗了，掩嘴打了個哈欠，迷迷糊糊地跟他招手再見，然後拉開車門。

許淮頌看她一眼，剛要跟著她下車，卻被她抬手制止：「我中午開玩笑的，不用送我上樓。」說完就關上車門，轉身往燈火通明的公寓走。

許淮頌頓了頓，還是下了車，結果剛走進一樓大廳，就看到她一個人傻站在電梯前，歪著腦袋瞧著什麼。

他走上前問：「怎麼了？」

阮喻回過頭，指著牆上貼的一張紙說：「停電了，電梯不能用。」

許淮頌瞥了一眼那張停電通知，又看了看另一邊的逃生梯：「那走樓梯吧。」

「十……十二樓啊。」

「走不動？」

阮喻一頓：「走得動。」她癟著嘴往逃生門走，沒想到經過許淮頌身邊的時候，卻看他蹲了一下來。

她一愣，聽見他說：「上來，我揹妳。」看她傻站著不動，又說，「快點，我還要回去準備視訊會議。」

怎麼揹個人還不忘霸道總裁的高冷人設，會不會好好說話啊？

阮喻氣呼呼地爬了上去，決定累死他。但剛被他揹起來，她就後悔了這個決定。因為胸貼背的姿勢，好像太親密了……

她微微仰起上半身說：「我還是下來吧……」

「別亂動。」許淮頌回頭瞥她一眼，「妳這樣仰著，我會很累。」

阮喻又被這語氣堅定了把他累死的信念，在他轉回頭的時候，悄悄做了個鬼臉。

沒想到許淮頌竟然敏銳地再次回過頭來，嚇得她驚叫著阻止他：「你幹嘛一直回頭，你……你看路啊！」

許淮頌低頭笑了一下，踏穩步伐開始爬樓梯，看起來似乎非常輕鬆。

阮喻慢慢克服了胸貼背的心理障礙，低下頭在他耳邊說：「這麼輕鬆，看起來很常揹女孩子啊。」

許淮頌回頭看她一眼：「揹過我爸而已。」

她本來是開開玩笑，打探打探他的情史，這下倒是愣住了，沉默了半天才問：「叔叔現在還好嗎？」

許淮頌一步步上樓，答：「就那樣，在美國靠看護照顧，智力很難恢復了，但只要不再腦血管阻塞，也沒什麼大問題。」

阮喻皺了皺眉，問出了藏在心底很久的疑問：「我問個問題，你不答也沒關……」

「離婚了，我爸媽，十年前。」不等她問，許淮頌就已經一口氣答完。

阮喻低低地嗯了一聲，聽見他說完這句以後喘起了粗氣。

十樓了。

她很慢很慢地壓低身子，以極小極小的幅度，一點點圈緊了他的脖子，像是一個安慰他的動作。許淮頌低頭看了眼她的手臂，彎了彎嘴角，沒有說話。

終於到了十二樓。

兩人從逃生門走出去，沒想到一眼看見電梯門緩緩地打開，從裡面走出了同住十二層的房東夫婦。

阮喻一愣，脫口而出：「不是停電了嗎？」

房東太太也愣了愣，解釋：「停電時間是早上六點半到七點半，晚上這個時候人很多，不會檢修電路的。」說著又笑了笑，「樓下大廳不是亮著燈嗎？走廊裡也是啊。」

「……」對喔。那是她剛才太睏，看錯了時間？

房東夫婦笑著進了家門。

阮喻怔在許淮頌的背上沒動：「你……你也看錯了嗎？」

許淮頌回過頭，笑著反問：「妳說呢？」

這句「妳說呢」就像第一塊骨牌，被人輕輕推下後，一長溜蜿蜒的小木塊一個接一個陸續翻倒，直到最後。

而阮喻的心就是那最後一塊骨牌。

有時候，不是最熾烈直白的情話才最動人心弦，掩藏在山路十八拐盡頭處的風景可能比直道上的更加絢爛震撼。

兩人靜止了很久，久到很可能，如果沒人開口，他們會保持著這個姿勢直到有一方精疲力盡，然後許淮頌笑了一下。

阮喻結結巴巴地問：「怎、怎麼了？」

「妳知道妳的心跳快得像在幫人捶背嗎？」

「……」

怎麼就非要戳穿她呢？阮喻飛快地掙脫下來，拿出鑰匙開了門鎖，一頭鑽進去，啪地一聲闔上門後靠著門板欲哭無淚。不爭氣啊不爭氣，白天還想好好磨這老狐狸一下呢，結果人家隨便一撩，她就敗下陣了。

不行。

阮喻吸了口氣，回頭重新開門，果然看到許淮頌還站在外面沒走。

她扒著門縫探出頭說：「那你知道，陸地上跑得最快的十種動物裡，竟然有野兔嗎？」

許淮頌皺了皺眉，似乎對作家們突發奇想、沒頭沒腦的疑問感到相當不解，但還是認真答：「不知道，沒有研究。」

阮喻接著意味深長地說：「看起來膽子很小，很好欺負的兔子，跑起來時速能達八十公里，就跟獅子差不多。而在這十種動物裡，狐狸根本沒有上榜。」

許淮頌又皺了皺眉：「所以呢？」

「所以晚安啦！」

她彎了彎眼，再次關上門，留許淮頌一個人在這道思考題裡心煩意亂。

回到家洗過澡，阮喻舒舒服服地躺上床，忽然聽見一陣手機振動的聲音。她以為是許淮頌到飯店了來報平安，打開手機卻看到一封來自寰視的郵件。準確地說，是一封邀請函，邀請她下星期二去參加《好想和你咬耳朵》的劇本創作會議。

下星期二也就是大後天了。阮喻托著腮思考起來。

《好想和你咬耳朵》的電影改編權早在六月初就簽給了寰視。原本她賣出這個ＩＰ，主要是想開闢出一條新的事業線，從網路文學圈走向更寬廣的發展平臺，但因為男主角的原型就在身邊，她覺得自己很難若無其事地投入後續的創作，所以跟寰視表示過，她可能不會參與編劇工作。

寰視的這個邀請函，大概也就是象徵性地問一問，看她有沒有改變主意。本來是不會改的，但巧就巧在，今天她剛好驗證了一件事，由此想起當初問許淮頌是否該答應把這個ＩＰ交給寰視時，他回答的那句「有什麼不答應的理由」。

那個時候他就知道她在寫他，可他還是願意讓這個故事以這樣的方式講給更多人聽。那她為什麼還要畏首畏尾？

阮喻下了床，打開手機回了郵件給寰視表達感謝，並回覆下星期二會準時參加。

她再回到床上躺下，就收到了許淮頌的微信訊息。

他說：那狐狸就多追一追兔子吧。

她對著螢幕一點點地笑了起來。

星期二，阮喻準時到達了寰視影業。

寰視獨棟的辦公大樓在這寸土寸金的地方矗立著，相當醒目。

阮喻在一樓櫃檯報上姓名，立刻有一名祕書模樣的人前來接待她，向她簡單介紹了各樓層的部門，最後帶她到七樓的會議室。

裡面已經坐了大半的與會人員，看桌上紅底黑字的名牌，主位是電影出品人，次位是製作人，接下來是編劇與編審。阮喻的名牌在相對靠後的位置，給的頭銜是劇本顧問。

那天她回覆郵件後，製作人鄭姍非常高興地給她安排了這個位置。

會議室裡相當安靜，偶爾才有幾句窸窸窣窣的人聲，阮喻的入座也沒有引起什麼波瀾。

不久後，剩下幾人也陸陸續續到了，最後進來的是製片人，屋子裡的人起立大半。

倒是鄭姍看起來很隨和，比了比手勢說：「都坐吧，不好意思各位，魏董有事耽誤了，這次的會議我們先開。」

魏董是指主位那個電影出品人，也是寰視的董事之一。大家都表示理解，活絡一點的人客套話皆脫口而出，職場氣息相當濃郁。

阮喻是後加入劇組團隊的，難免表現得比較安靜。似乎是看出了她的拘謹，鄭姍先向眾人介紹了她：「這位是原作者溫香，從今天起將作為劇本顧問加入我們的劇組團隊。」

阮喻起身跟眾人點頭致意。

身邊傳來幾聲「年輕」的誇讚，會議室很快又回歸安靜。

鄭姍說笑地說：「一個個都太拘束了！我們的劇組團隊很年輕，平均年齡不到三十，你們這樣還算是年輕人嗎？」她說完，打了個手勢叫身邊的祕書放映ＰＰＴ，繼續說，「既然都這麼悶，先給你們看些東西。」

投影機將一張高解析度的舞臺照投放到布幕上。

阮喻抬起頭，忽然一愣。照片上的人穿著白襯衫，戴一副細框眼鏡，坐在一架三角鋼琴前，正低著頭演奏鋼琴。

在她反應過來之前，鄭姍先說：「可能不太看得出來，跟現在挺不一樣的，這是出道前的李識燦，大一時在校園十佳歌手大賽上的表演，看出來像誰了嗎？」

「哎喲！」終於有人打破了沉悶的氣氛，「這不是我們的男主角嗎！」

阮喻一駭。

鄭姍笑起來：「看看，還是小鮮肉有吸引力。」

又有人問：「鄭總，我們的男主角決定是李識燦啊？」

「噓……」鄭姍比個手勢，「基本上敲定了，內部知道就夠了，好了，會議開始。」

她話音剛落，阮喻的手機傳來振動的聲響，顯示是許淮頌的訊息。現在不方便回，她把手機放進口袋，拿著會議手冊陷入了沉思。

天啊，男主角是李識燦。

散會已經十二點了，鄭姍似乎很忙，匆匆趕去別的地方談事情，沒來得及多招呼眾人，叫祕書幫大家安排了午餐和休息室。

但阮喻覺得自己可能不需要這邊的安排了，因為手機裡，許淮頌在一個小時前就傳來了一條訊息：我到寰視附近了，散會叫我。

她謝過了祕書，回了條訊息給許淮頌，然後坐電梯下樓，出電梯的時候，聽見前面兩位會上的編劇正低聲討論著什麼。

其中一個說：「流量明星是好，可李識燦前陣子不是剛捲入什麼自殺事件的醜聞嗎？我聽圈子裡的朋友說影響滿大的，公司不滿他擅作主張自爆，可能暗地裡減少了他的活動和代言……」

「這你就不懂了吧，那叫……」

再之後的話，阮喻就沒聽清楚了。

她皺了皺眉，拿出手機，翻開李識燦的微博來回看了一圈，除了好一陣沒更新以外，沒發現什麼異樣。而跟他的微信對話視窗，也停留在他說「都解決了，沒什麼負面影響」的那條訊息上。

許淮頌的訊息恰好在這個時候跳了出來：來門口。

寰視的門口不好停車，她只好暫時放下李識燦的事，匆匆出去。

等她繫好安全帶，許淮頌一腳踩下油門就開走，說：「這會開得比我平時還久。」

阮喻還在思考男主角選角的事，隨口回答：「劇組會議開十個鐘頭也是常有的事，今天頭一次算是輕鬆的。」

許淮頌敏銳地察覺到她有點心不在焉，偏頭看了她一眼。

阮喻正在暗暗計較，選角結果是內部消息，直接說出來好像不太好，可是不說，許淮頌之後知道了會不會氣到進軍演藝圈？

她清清嗓子，先試探地說：「你對演員選角有沒有什麼看法？」

許淮頌一邊開往附近的餐廳，一邊看著前方答：「我應該有什麼看法？」

阮喻呵呵一笑：「你看過我的小說嘛，可以參考參考你的意見。你覺得目前演藝圈裡，有沒有什麼合適的人選可以勝任男女主角？」

許淮頌沉默了一下，回答：「不了解，應該沒有吧？」

哇，難不成他真的想自己演啊？

阮喻嘴角向上一揚：「總得從演藝圈裡挑出人選來啊，又不可能真的拉個什麼會計、醫生、律師的門外漢去演。」

這語氣在許淮頌聽來有那麼一點意有所指的陰陽怪氣，他半腳踩剎車，放慢了車速，看她一眼。

阮喻挺直背脊：「我說錯了嗎？」

「沒有。」許淮頌握著方向盤皺了皺眉，似乎在思考什麼。

阮喻瞄他一眼，繼續說：「那要是劇組選了你不喜歡的男星來演男主角，你作為……這個小說得以擺脫抄襲糾紛的功臣，會不會有點後悔讓我賣掉ＩＰ？」

許淮頌把車開到路邊，這次徹底停下車，盯著她說：「妳現在是在告訴我，李識燦要演妳的男主角？」

她撇開頭，眼望著車頂碎碎念：「不是我透露的內部消息，不是我透露的內部消息……」

第十章 屋漏偏逢連夜雨

阮喻一臉這件事跟她無關，是許淮頌自己猜到的表情。

許淮頌頓了一下，很快就意識到自己剛才反應太大了。僅僅作為小說得以擺脫抄襲糾紛的功臣，他並不該對男主角的選角問題產生這種程度的不滿情緒。

然而阮喻沒有對他的反應表示質疑，看她這表現，甚至也默認了：他有理由生氣。

所以說，她知道了他的理由。就像世界上萬千種動物，她偏偏拿狐狸來比喻他一樣。

許淮頌將手慢慢從方向盤上鬆開，轉頭打量起她來，目光裡透著一股探究的意味。

阮喻在這樣的探究裡，意識到他似乎發現了什麼，縮著脖子緩緩偏過頭，但轉念又挺直了背脊——只許他看破不說破，她就不行？

她一理直氣壯，許淮頌就避開了目光，可能還是理虧在先。

他目視前方，緊皺眉頭，過了一會兒回到正題：「他不是歌手嗎？演什麼戲啊！」

阮喻歪著身子托著腮，手肘撐在駕駛座和副駕駛座間的儲物箱上，貌似不解地說：「幫人打官司的，不也演戲嗎？」

許淮頌垂下頭，見她把巴掌大的臉湊在他眼下，一副得意洋洋，毫無警覺的模樣，忽然伸手捏住了她的下巴。

阮喻一愣，意識到這個手勢可能的意思，在他的食指即將抬起她下巴的一瞬間飛快地向後仰。

安全帶的助力讓她一下彈回座椅，撞了個眼冒金星。

許淮頌失笑：「妳幹嘛？」

她捂著自己的下巴強裝鎮定：「那你幹嘛？」

他思索了一下：「捏蚊子，妳下巴上剛才停了一隻蚊子。」

「我也捏蚊子。」她說著回頭看了一眼，「我背上剛才也有一隻，我、我撞死牠……」

許淮頌忍笑，重新發動車子，開了一段路後，又不死心地說：「妳沒有一票否決權？」

阮喻過了幾秒才反應過來，他還在說李識燦的事情。

她瞪他一眼：「我能參與劇組工作都是人家看得起我了，選角這種事哪輪得到我？你這不是為難人嗎？」

許淮頌沒再多說，換了個話題：「過幾天就是端午了。」

「端午怎麼了？」

「妳不回老家？」

「我是自由業者，又不用非得挑節假日回家，我通常都把這種日子留給我爸媽以前的學生。逢年過節，老有一幫一中的優秀學子上門看望他們，我去了都不一定擠得進門。」

許淮頌笑了笑：「那我這樣的，算不算一中的優秀學子？」

阮喻把自己埋進了坑裡，這下怕是想拒絕也沒辦法了。

而且，他因為李識燦被選為電影男主角這件事，站在一個「受到傷害」的制高點。這時候從他嘴裡提出的要求，她怎麼樣也不好忽視。

所以週五晚上，許淮頌接她一起去買禮物的時候，她就無法說個「不」字。

三個鐘頭下來，禮物裝滿後車廂，一部分是單獨買給阮家的，還有一些備了兩份。許淮頌是打算明天去過阮家以後，後天或大後天回蘇市，也送點禮物給媽媽和妹妹。

阮喻第一次感受到，男人的購物力有時候比女人還強，尤其是這種表現自己的時候。她回到家就癱在床上一動不動了，思考該怎麼向爸媽打個招呼，以免他們受到驚嚇。但轉念一想，她爸爸可能只會驚喜，不會受到驚嚇。

她於是撥了個電話回家，只說明天過去，有人送她，沒多講其他的。

掛了電話，卻不巧收到了李識燦的訊息：學姊，明天能把欠我的飯還了嗎？

她確實還欠他一頓人情飯，可這件事就算按照先來後到，也得遷就許淮頌。她沒有猶豫地回：不好意思啊學弟，明天端午節，我得回去看爸媽，可不可以約改天？

李識燦：剩下兩天端午假，妳隨便挑一天都行。也不光是為了吃飯，還想跟妳聊聊岑思思的事。她已經在德國接受過進一步的心理治療了，診斷結果這兩天就會出來。

岑榮慎之前跟阮喻聯繫過一次，說基本上可以斷定，岑思思並沒有做過威脅他人人身安全的行為。

但阮喻對於大綱失竊的事始終耿耿於懷，所以委婉提出了請求，希望岑家在後續心理治療中能夠幫她確認，岑思思到底有沒有找人入侵過她的電腦。

心理治療急不來，阮喻也一直沒催，不過現在看來，這件事應該有結果了。

她打字說：好，我明天回覆你具體時間。

第二天清早七點不到，許淮頌就到了阮喻的公寓樓下。

臨出門的時候，阮喻想起他大概沒按時吃早餐，隨手抓了兩顆剛煮好的水煮蛋下樓。許淮頌看她一進到車裡就掏出兩顆蛋來，愣得都忘了開車。

在這個心照不宣，要去討好家長的日子裡，她給他兩顆水煮蛋是什麼意思？

這又是一道「狐狸和兔子」的閱讀思考題嗎？

阮喻看他一眼：「怎麼了？你不吃水煮蛋啊？」

許淮頌暗暗咀嚼著這句話背後可能包含的深意，一時沒有回答。

阮喻以為他挑食：「好多人都不吃水煮蛋，明明很補。」

「補……」他喉結一滾，「補什麼？」

補什麼？阮喻一下子說不上來，印象中，爸媽一直告訴她，吃水煮蛋會變聰明。

她的沉默在許淮頌的眼裡，儼然成了難以啟齒的意思。他緩緩眨了兩下眼，不太確定地說：「我應該，不用補……」

「喔。」阮喻點點頭。

也對，已經夠聰明了，再補不就成精了？

既然他不吃，她也就沒有勉強，把水煮蛋裝回盒子裡，說：「那等等吃早午餐吧。」

許淮頌嗯了一聲，發動車子，踩下油門，不小心開歪出去，他愣了愣趕緊轉正方向盤。

假期交通壅塞，這也是兩人一大清早出發的原因。避開尖峰時段，車很快就開出市區，走得正順時，許淮頌的手機響了起來。

阮喻下意識地偏頭去看，發現聯絡人顯示的是呂勝藍。

許淮頌低頭看了眼：「妳幫我接吧。」

他有這個態度倒也夠了，阮喻搖搖頭示意不用：「你用藍芽接吧。」

許淮頌看她一眼，沒用藍芽，直接開了擴音。但接通的一瞬間，就從喇叭中傳來一陣刺耳的救護車鳴笛聲。幾乎是一瞬間，許淮頌就意識到發生什麼事，迅速把車靠邊停下。

與此同時，呂勝藍喘著氣的聲音也響起來：『淮頌……叔叔腦中風復發，看護阿姨叫了救護車，我剛接到消息趕過來……』

他沉默了兩秒鐘，問：「情況怎麼樣？」

『現在還不太清楚，我先通知你一聲，必要的話你再回來，有消息我隨時告訴你。』

阮喻從「通知」「必要」這兩個字眼意識到問題的嚴重性，僵在副駕駛座上一動不動。

喇叭中傳來的雜亂腳步聲和她聽不太明白的英文，似乎也印證著這一點。

呂勝藍轉而跟什麼人說起了英文：『Here！』然後匆匆掛斷了電話。

車裡的氣氛一片凝重。

許淮頌皺了皺眉，偏頭說：「我可能得……」

「你現在把車開回飯店拿護照。」阮喻打斷他，「我幫你買機票。」說完就拿起了他的手機，雖然下了如此明快的判斷，但她拿手機的手還是顫抖的。

許淮頌嗯了一聲，把車掉頭開往市區，然後聽見她問：「解鎖密碼？」

「妳生日。」

阮喻心裡急，生怕買不到最早的航班，差點連自己的生日是幾號都忘了，愣了愣才輸進去，然後找到他常訂機票的APP，飛快搜索。

「最早一班是十一點二十分，大概是趕不上了，下午兩點半的可以嗎？」

「可以。」

「付款密碼？」

「309017。」

此刻，報出這串數字的許淮頌，和聽見這串數字的阮喻，誰都沒心思在意它的意思。

許淮頌一路狂飆。

幸好這個時候市區的車流量依舊不大，一個鐘頭後他們就回到了飯店。

一回房，他就匆匆進臥室拿護照，阮喻跟在後面說：「你直接把車開去機場，飯店這邊要是有什麼事，我會幫你處理好。」

許淮頌拿到護照後起身，站定在她面前說：「我可能來不及送妳回去了。」

「我這麼大的人了，還不會自己回家嗎？」

許淮頌嗯了一聲，揉揉她的頭髮說：「自己路上小心，我跟劉茂打個招呼，妳和他報平安，知道嗎？」

「知道了。」她把他推出門，「你快一點。」

許淮頌出了門。

阮喻站在房間裡一陣恍神，呆了半天，也不知過去了多久，忽然聽見一陣門鈴聲。以為是許淮頌又回來了，她邊開門邊說：「你放心好了，我自己……」說到這裡忽然頓住。

因為門外站著的不是許淮頌，而是拎著大包小包的陶蓉和許懷詩。

門裡門外的人都是一愣。

兩邊還沒打招呼，許懷詩就驚叫出極其曖昧的一聲「哇」。

阮喻一陣尷尬，原本到嘴邊的一句「阿姨」都咽了回去。

倒是陶蓉微笑了一下，化解了她的不自在，說：「妳好，我是淮頌的媽媽，請問淮頌在嗎？」

阮喻跟著一笑：「我記得您，阿姨。他有點急事回舊金山了，剛好跟您錯過。」

「急事？」陶蓉臉色微變，「是工作上出了什麼問題嗎？」

「不是……」看這麼乾站著也不是辦法，阮喻讓開一條路說，「您和懷詩先進來坐吧。」

她把兩人請到沙發坐下，叫她們把大包小包放下。

陶蓉跟她解釋：「我怕提前說了要來，他會不想要我們那麼麻煩，反而特地開車回蘇市，所以沒打招呼就來了。」

阮喻發現，陶蓉說這話時把自己的姿態放得很低，好像身為許淮頌的母親，還不如一個出現在他房裡的女人來得親近。畢竟分開了太多年，母子倆似乎有點隔閡。

她趕緊替許淮頌解釋：「他原本就想著妳們，打算回趟蘇市的，禮物都買好了。」說著一指客廳裡堆疊在一起的禮盒，「就是還沒決定是明天還是後天，所以還沒跟妳們說。」

陶蓉遠遠望了一眼，笑了笑：「這孩子……」

阮喻看兩人乾坐著，起身說：「我幫妳們泡杯茶。」

她說完就去料理臺忙了，過了一會兒聽見身後傳來腳步聲，回頭見陶蓉不太自然地上前來，壓低聲遲疑地問：「舊金山那邊，是他爸爸出了什麼事嗎？」

阮喻小幅度點了點頭，輕聲說：「好像是舊疾復發。」

那邊正在玩手機的許懷詩聽見這點細微動靜，回頭嘟囔：「媽，妳在跟姊姊說什麼悄悄話呢？」

陶蓉回頭瞋她一眼。

阮喻笑著轉移話題：「妳們大老遠地跑來，還是打個電話給淮頌吧。」

「不了。」她擺擺手，「他現在肯定急著開車，就別跟他說了，我們馬上就走。」說著又低頭看了眼她拆茶葉的手，「妳也別忙了。」

阮喻也就沒堅持，倒了杯白開水給她，看她接過去時魂不守舍的，小聲補了一句：「您別太擔心了。」

被看穿心思的陶蓉稍微笑了笑，過了一會兒重新打起精神說：「妳跟淮頌處得還好嗎？」

阮喻知道今天這個情況，做家長的不誤會都難，正斟酌該怎麼解釋，陶蓉卻誤會了她這番沉默，趕緊說：「妳要是覺得他哪裡不好，多擔待點，這孩子以前沒有交過女朋友，很多事情可能不懂。」

阮喻愣了愣，下意識脫口而出：「這麼多年他都沒交過？」

提到這個，陶蓉稍微沒那麼拘束了：「據我所知沒有。在美國做律師很不容易，不拿出點成績，很多時候都會被歧視。尤其是在他爸爸那樣以後，他凡事都得靠自己，所有心力都放在事業上，哪還有心思交女朋友呢。」

阮喻嗯了一聲。這時候她在意的，卻不是她好奇以久的許淮頌的感情史。她心裡酸酸澀澀的，說不上來的滋味。

陶蓉卻還在往她的心上澆水：「其實，淮頌在性格方面有點缺陷。」她說完像是怕嚇到阮喻，又解釋，「我不是指病理性的缺陷。」

阮喻偏過頭：「嗯？」

她笑著嘆口氣：「我跟他爸爸的事，他跟妳說了吧？」

「嗯。」

「這件事對他的成長或多或少有影響，所以他性格上難免有畏縮的一面，也許有時候會讓妳覺得不夠直接果決，但那往往是他太在意一件事的表現。希望妳見諒，這是我和他爸爸做得不好。」

阮喻輕輕拍了拍陶蓉的手背示意寬慰：「我知道了，您放心吧。」

兩人又聊了一會兒，阮喻的手機響起來。

是劉茂的電話，問她是不是還在飯店。

「在。」

『那妳就在那邊等吧，小陳很快就到了，淮頌讓他送妳回家。』

阮喻愣住了：「現在是假日，怎麼還要麻煩小陳，我自己會回去，你叫……」她說到這裡一頓，看了一眼陶蓉，拿遠手機問她，「阿姨，妳們怎麼過來的？」

「坐高鐵。」

「那回去的時候呢？」

「喔，對。」陶蓉轉頭跟沙發上的許懷詩說，「懷詩，妳快看看能不能把回程的票提早一點。」

不用看了，按假日的人潮，這時候是不可能有機會提前的，除非一路站回去。

阮喻重新拿起電話：「真的要麻煩小陳一趟了，你叫他過來吧。」

不久，陳暉就到了飯店，阮喻跟他打好招呼，連聲道謝，把堅持不在這裡吃飯的陶蓉送到樓下。

許懷詩欲言又止了一路，臨到車邊，抓住陶蓉的手臂：「媽……我來都來了，能不能在這裡玩兩天啊？」

「媽留妳一個人在杭市能放心嗎？跟我回去，改天妳哥在的時候再來。」

許懷詩噘著嘴跟她上車，一腳剛邁進車裡，回頭可憐巴巴地看了阮喻一眼。

接收到她的求救信號，阮喻沉默片刻，還是上前了一步：「阿姨，如果懷詩想在杭市待兩天，我會照顧她的。」

許懷詩不曉得爸爸的事，不像陶蓉那樣心事重重，樂得留了下來。

但當阮喻問她想去哪裡玩的時候，她卻搖了搖頭：「天氣太熱了，連假景點到處人山人海，我其實就想跟姊姊妳聊聊天，我們回樓上或者去妳家吧。」

阮喻沒想到許懷詩也是個宅女，想了想，打了個電話給爸媽，說臨時有點事，改天再過去了，然後問：「那要在妳哥這裡，還是去我家？」

「這裡離妳家多遠啊？」

「不塞車的話，半個小時的車程吧。」

「一定塞車的！算了，我坐車坐到快吐了。」

最後兩人毫無想法地返回飯店房間。

許懷詩把肩上的書包放下來，拿出一疊白白的考卷，苦哈哈地說：「姊姊，妳不用照顧我，我還有作業要照顧，妳忙妳的吧。」

阮喻失笑。

許懷詩可能也誤以為她跟許淮頌住在一起了，卻不曉得她在這裡根本沒什麼好忙的。能做什麼呢？她無所事事地杵了一會兒，想起了橘貓，打開臥室門一看，果然牠窩在裡面。

她把貓抱出來，許懷詩見了，驚訝地說：「哇，我哥真是轉性了，他以前超討厭打理貓毛狗毛的！」

阮喻一愣。

許淮頌高中時不就挺喜歡貓的？

許懷詩興沖沖地跑過來玩貓，問：「牠叫什麼啊？」

「現在只有英文名，要不要幫牠取個中文名字，入境隨俗？」

「那妳取啊姊姊，我聽我哥說妳是作家，很厲害的。」

取個貓名是要多厲害？

阮喻信手拈來：「跟 Tiffany 押個韻，叫皮皮吧。嗯……許皮皮？」

「好啊好啊，跟我姓！」

阮喻呵呵一笑，沒有說出那句「是跟妳哥姓」來傷害她，不料「說曹操，曹操就到」，下一秒就接到許淮頌的電話。

她立刻問：「叔叔情況怎麼樣了？」

『還在搶救中。』許淮頌反過來安慰她，『會沒事的。』

她低低嗯了一聲：「那你專心開車，別打電話了。」

『我聽陳暉說，妳跟懷詩現在在我那裡？』

「對，我們歲數加起來都超過四十了，不用你操心。」

許淮頌似乎笑得有點無奈：『怕妳無聊，跟妳說一下，我電腦的密碼也是妳生日，還有房間裡的其他東西，妳都隨便用。』

掛了電話，阮喻終於找到能做的事，把他的電腦搬到客廳，但輸入密碼的時候卻頓了頓。

許淮頌把她的生日設成手機和電腦的密碼，那麼，那個付款密碼有沒有特殊的意思，會不會也跟她有關聯？

309017……

出於那麼一絲自戀的情結，阮喻開始把這串數字拚命地往自己身上套。

30——想不到。

90——沒頭緒。

17——她還滿喜歡這個數字的，因為高中學號就是它。

想到這裡，她忽然愣在電腦前。

她是309班的17號。

這串數字，難道是這個意思？

可她沒有在小說裡透露過這麼詳細的真實資訊，他是從哪裡查到的？阮喻百思不得其解，又不好在這節骨眼問許淮頌這種無關緊要的小事，只得暫且按捺下來。

接近吃飯時間，因為許懷詩懶得出門，又在趕作業，她叫了生鮮食材的外送，自己親自下廚做料理。

許懷詩被菜香勾得神魂顛倒，放下國文考卷跑到料理臺，看阮喻熟練地煎著鮭魚，激動得哇哇直叫：「我哥怎麼找到了姊姊妳這樣的寶啊！」

阮喻忙著煎魚，笑了笑沒否認。這一笑，再被窗外的陽光一照映，真是柔美無比。

許懷詩忍不住說：「妳側臉太美啦，我能不能拍支影片放在我朋友圈啊？」

阮喻隨和地說：「可以啊。」

許懷詩錄了一支她側面的影片，朋友圈配字：『覬覦我哥美貌的一中張曼玉、高圓圓、王祖賢都看好了，這才夠格做我未來的嫂子，拜拜嘍妳們！』

秀完未來嫂子，許懷詩高高興興地趴到窗臺，等著接受女同學們的膜拜，這往下一望，卻又發現驚喜：「啊，姊姊，妳快來看！」

阮喻剛把鮭魚裝好盤，走到窗臺望出去，發現飯店園丁正拿著高壓水槍幫樹澆水，陽光照射下，一片細細的水霧裡出現了一道彩虹，像是預示著什麼好消息。

她趕緊回頭拿手機，把這幕拍了一下來，正要傳給許淮頌，卻又擔心會打擾到他開車，一直到下午兩點半，確認他的航班已經起飛後，才傳送了這條訊息：送你。

知道他會在十幾個小時後下飛機，阮喻沒再管手機。到了晚上，跟許懷詩躺在一張床上。

因為不放心許懷詩一個人住在飯店，所以她留下來，請打掃人員換了床單，拿了兩床被子來。許懷詩樂得跟她親近，最好還跟她睡一個被窩，晚上也不睡覺，興奮地跟她聊天，跟她講學校裡的八卦。

凌晨一點多了，阮喻打了個哈欠：「好了好了，明天再聊，睡吧。」

許懷詩還很清醒，說：「那姊姊妳先睡，我再刷一會兒微博。」

阮喻嗯了一聲，翻個身，正要迷迷糊糊地睡過去，卻聽身邊的人倒抽了一口氣。

她被嚇醒了，回頭問：「怎麼了？」

許懷詩抓著手機說：「在微博上看到一條通緝令，哇，杭市好危險啊，竟然有個殺人犯在潛逃，還好我們今天沒出門。」

現在是資訊時代，哪裡發生犯罪事件，網路上全能知道，也不是什麼稀奇的事。阮喻打個哈欠說：「杭市治安還是不錯的。」說完就倒頭睡了過去。

因此，她並沒有聽見許懷詩之後的嘀咕：「咦……我怎麼覺得這個嫌疑犯的大頭照有點眼熟呢？」

可能還是有點認床，加上旁邊多睡個人不習慣，阮喻第二天醒得特別早。

天才濛濛亮，她的第一反應就是摸床頭櫃上的手機。

微信沒有新訊息，倒是有一條來自陌生號碼的訊息：我有急事找淮頌，妳跟他在一起的話，麻煩幫我轉告一聲。周俊。

是之前在生日宴上跟她碰過面的老班長。訊息是凌晨兩點零七分傳的，這個時間，許淮頌在飛機上。

但按理說，他們現在應該已經取得聯繫了。

她傳訊息給許淮頌確認：下飛機了嗎？

許淮頌：剛出機場，怕妳還在睡就沒回。

許淮頌又說：爸爸暫時脫離危險，轉到ＩＣＵ觀察了，我現在過去。

阮喻鬆了口氣，迷信地想，彩虹果然能給人帶來好消息。

她回：那就好。對了，周俊在找你。

許淮頌：我看到了，他的手機關機了，有事應該會再找我。

兩人結束了對話。

阮喻心裡的大石頭終於落了地，輕手輕腳地下了床，剛放輕鬆呼出一口氣，就聽身後的床上傳來窸窸窣窣的動靜。

許懷詩醒了，揉揉眼說：「姊姊妳好早啊！」

「不好意思，吵到妳了。」

「是我哥下飛機了嗎？」

「嗯，妳再睡一會兒。」

許懷詩卻從她放鬆的神情裡看出了端倪：「麻煩解決了？」

「暫時是，但還不能掉以輕心。」

她沒了睡意，聽這些用詞，再聯想到昨天陶蓉跟阮喻講悄悄話的樣子，爬起來皺皺眉說：「是不是我爸出了什麼事？」

阮喻一愣。

她的演技真的那麼拙劣？

「哎呀，」許懷詩嘆口氣，「我都這麼大了，幹嘛還瞞我這種事，那爸爸是暫時脫離危險了嗎？」

她只好實話實說：「嗯，放心吧，有妳哥在呢。」

許懷詩低下頭，過了一會兒，咬咬唇說：「姊姊，有人說我爸是造多了孽，才會得這種病的。」

阮喻不知道這個突如其來的「有人」是誰，卻看出了她明顯的傾訴欲。

她回到床邊坐下：「誰說的？」

「一位被害人的家屬。」許懷詩吸了口氣，「哎呀我不該跟妳講這些的，我爸可能不是好人，但我哥不一樣，妳不要覺得律師都是壞人。」

阮喻聽得糊裡糊塗：「什麼事？妳可以跟我講，我不會對妳哥哥有什麼偏見的。」

許懷詩猶豫了一會兒才抱著膝蓋說：「我爸爸他……以前是刑事律師，幫很多殺人犯辯護過。我爸和我媽分開，不是因為有第三者，是他們觀念合不來，我媽不理解我爸的職業，也不能接受拿殺人犯的錢生活……我也很怕我爸爸，不喜歡他……」

阮喻頓了頓：「那妳哥呢？」

「他當時應該是為了我才跟爸爸去美國的。但後來，他對爸爸到底是什麼看法，我和媽媽也不知道。他一樣讀了法律，做了律師，我媽心裡其實……」

許懷詩沒往下說，阮喻卻大概清楚了，恐怕這才是母子倆隔閡的根源。

她說完笑了笑：「但我哥不是刑事律師，妳不用擔心。」

阮喻摸摸她的腦袋：「就算他是刑事律師，我也不會擔心的。」

許懷詩一愣：「妳不怕嗎？」

阮喻想了想，反問：「妳會因為醫生救了一名傷重的罪犯而感到害怕，或者去責怪這個醫生，質問他『為什麼要履行自己作為一名醫生的職責』嗎？」

許懷詩皺了皺眉，好像覺得有道理，又好像還是不太理解。

過了一會兒，她說：「不說這些不開心的了，我們中午吃什麼啊？」

「三鮮麵？」阮喻起身去翻食材，想到這兩天要安排許懷詩的吃住，就傳了條訊息給李識燦致歉，推遲了原定於今明的飯局。

李識燦說沒關係，又回覆：既然這樣，我先把心理治療的診斷結果用電子版傳給妳。本來是保密的，岑叔叔想讓妳放心，所以破例了。

阮喻的信箱很快就收到了一封郵件，還有附加內容：基本上確定，岑思思並沒有找人入侵妳的電腦，當初是意外發現兩部作品的相似性才藉機大做文章。

阮喻皺了皺眉。

如果跟岑思思無關，她的大綱還能被誰竊取？或者說，也許大綱確實沒有丟失？但是，這又意味著什麼？似乎有個答案呼之欲出，但就是還差那麼一口氣。

一旁正在玩手機的許懷詩看她臉色不對勁，問：「姊姊，出什麼事了嗎？」

阮喻大致解釋了事情的前因後果。聽完後的許懷詩陷入了反反覆覆的欲言又止，再低頭玩手機時，心情就沒那麼好了。她沒想到，阮喻到現在還在查這件事。

她翻開微博，想著要不要乾脆眼一閉心一橫，把這個微博帳號遞到阮喻的眼前，向她承認錯誤。只是這樣一來，她恐怕會被這個未來嫂子討厭。

正猶豫，掌心的手機忽然振動一下，顯示一條微博推送。是有關昨晚那個通緝令的後續報導，說經查證，嫌疑犯與被害者是戀人關係，雙方疑是駕車由蘇入杭來訪親問友的。

許懷詩一眼看見「由蘇入杭」四個字，更是嚇了一跳。昨晚還說人家杭市危險，結果嫌疑犯竟然是從蘇市來的？她再次翻到那條附加了照片的通緝令，發現上面確實寫了嫌疑犯的出身，只是當時她的注意力全在照片上，沒仔細看文字。

現在讀一讀——男，二十六歲，蘇市人，身高約一百七十六公分……跟她哥同齡的蘇市人，說不定她還真的見過呢。她點開照片，放大，再次看了起來。

阮喻見她愁眉苦臉地埋頭研究著什麼，偏頭問：「怎麼了？」

許懷詩指著手機螢幕說：「這個人好像在哪裡見過，可是記不起來了……」

阮喻順著她的手勢靠過去看：「嗯？這是我高中時候的班長，妳怎麼有他的照片？」

許懷詩張大了嘴：「啊，那可能是之前，我在學校校史館那面歷屆優秀畢業生的留名牆上找妳照片的時候，見過他這張大頭照！」

阮喻也沒來得及追究她為什麼要去校史館找她的照片，愣了愣問：「所以他怎麼了？」

許懷詩抖著手把手機遞過去，給她看新聞。

阮喻掃了一眼內容，愣在原地，好半天才說：「怎麼會？我們前陣子還見過，不對，他今天凌晨兩點還聯繫過我……」

難怪他用的不是自己的手機，他自己的通訊設備應該被警方監控了。

阮喻的腦袋一片空白，聽見許懷詩問：「他跟妳說了什麼？」

她剛拿出手機翻到訊息，忽然接到一個號碼有點眼熟的電話。那頭的男人說：『妳好，請問是阮小姐嗎？』

她認出這個聲音，答：「方警官嗎？是我。」

『妳現在方便說話嗎？有些情況要跟妳了解一下。』

方臻的語氣裡帶了一絲不確定，阮喻猜他可能是為了周俊而來，但又怕他們現在在一起。

她說：「方便，是要問周俊的事嗎？」

『對，警方目前正在通緝這名嫌疑犯，我們剛剛查到，他在今天凌晨兩點零七分用他人的手機聯繫過妳，請問妳這邊有沒有關於他的消息？』

阮喻抓著手機說：「沒有，我也是剛剛才知道他正在被通緝。」

『希望阮小姐不要知情不報。』

「我沒有。」她說完後猶豫了一下，「也許我一位朋友那裡會有進一步的消息，我需要聯繫他一下。」

『是許先生嗎？』

「對，周俊淩晨聯繫我就是為了找他。」

『我們也正在聯繫他，但他的手機暫時無法接通。』

「他在舊金山，你們可以撥打他的美國號碼。」阮喻不會背，看了一眼許懷詩。

許懷詩立刻意會過來，把號碼寫給她。

阮喻掛了電話，房間裡氣氛凝重。

阮喻怕耽誤警方查案，不敢打許淮頌的電話占線，傳了條訊息給他：周俊後來聯繫過你嗎？

暫時沒得到回覆，她拿起手機翻新聞，一邊翻一邊覺得不可思議。

兩年半同窗生涯，周俊作為班長，給她的印象一直是熱心開朗又樂於助人，前段時間在生日宴上再見，也沒發現他有多大的變化，他還笑嘻嘻地開她和許淮頌的玩笑。

這樣的人怎麼會殺人潛逃？而且，被害人還是他的女友。

許懷詩也很害怕，皺著臉問：「姊姊，他為什麼要找我哥啊？」

這句話問到重點了，阮喻想了想說：「因為你哥是律師，事發地點在杭市，他應該想到了妳哥，想向他求助。」

上次碰面的時候，許淮頌在阮成儒面前提過自己優秀的履歷，周俊一定也聽到了。

而且據許懷詩說，許爸爸曾經是刑事律師，如果周俊剛好知道這一點，就更有理由選擇向許淮頌求助。阮喻正等著許淮頌的回覆，卻聽手機再次響了起來，不是許淮頌，也不是警方，而是媽媽。

電話接通，曲蘭先問：『喻喻啊，起床了嗎？』

「起床啦。」

『喔，媽跟妳說一聲，妳下午就不必特別過來了。』

曲蘭的聲音是笑著的，但這一瞬間，一種沒來由的恐懼占滿了阮喻的心頭，她並沒有說過下午要去看他們。

她沉默了一下，順著她的話問：「怎麼了，妳跟爸爸不在家嗎？」

『在啦，現在不是過節嘛，但又有學生來看我和妳爸爸了，我們正在忙呢。』

阮喻有足足五秒鐘沒有說話，五秒過後，她的手發起抖來，她說：「喔，這樣啊，那我就不過去了……」

『好，那媽先掛了啊。』

「等等……」

『嗯？』

阮喻緊緊抓著手機，竭力克制著不讓自己的聲音發抖：「我看今天好像要下雨，妳跟爸爸注意關好門窗。」

『放心吧，我們知道的。』

電話到這裡被掛斷。

阮喻一下捂住了嘴。

許懷詩跟著緊張起來：「怎麼了姊姊？」

「我媽好像是在暗示我，周俊在她那裡……」

許懷詩倒抽一口冷氣：「那……那我們是不是該報警啊？」

阮喻點點頭，回電給方臻，剛說明完情況，掛斷電話，手機再次響起。

許淮頌來電。

她接通電話，本來還好端端的，一聽到他的聲音就哭了：「淮頌，警方聯繫你了嗎？周俊他、他好像去了我爸媽那裡了……」

電話那頭沉默了片刻，然後傳來一個非常鎮定的聲音：『別怕，妳靜下心來，仔細聽我說。』

—未完待續—

高寶書版集團
gobooks.com.tw

YH 027
不想只有暗戀你（上）
作　　者　顧了之
特約編輯　米　宇
責任編輯　陳凱筠
封面設計　鄭婷之
內頁排版　賴姵均
企　　劃　方慧娟

發 行 人　朱凱蕾
出　　版　英屬維京群島商高寶國際有限公司台灣分公司
Global Group Holdings, Ltd.
地　　址　台北市內湖區洲子街88號3樓
網　　址　gobooks.com.tw
電　　話　(02) 27992788
電　　郵　readers@gobooks.com.tw（讀者服務部）
pr@gobooks.com.tw（公關諮詢部）
傳　　真　出版部(02) 27990909　行銷部 (02) 27993088
郵政劃撥　19394552
戶　　名　英屬維京群島商高寶國際有限公司台灣分公司
發　　行　英屬維京群島商高寶國際有限公司台灣分公司
初　　版　2021年 3 月

文化部部版臺陸字第109082號；許可期間自110年110年1月27日起至114年6月28日止。
本著作物由北京晉江原創網絡科技有限公司授權出版。

國家圖書館出版品預行編目(CIP)資料

不想只有暗戀你 / 顧了之著. -- 初版. -- 臺北市：
英屬維京群島商高寶國際有限公司臺灣分公司,
2021.03
面；　公分. --

ISBN 978-986-506-011-4(上冊：平裝). --
ISBN 978-986-506-012-1(下冊：平裝). --
ISBN 978-986-506-013-8(全套：平裝)

857.7　　110000872